Contre nous la tyrannie

Essai

Shuma Nayah

Copyright © 2021 Shuma Nayah
Avril 2021
Tous droits réservés.
Édition : Bod.fr
Couverture : Shuma Nayah
ISBN : 9782322201099

1

Un oiseau dans le ciel…
Deux oiseaux dans le ciel…
La vie est là encore dehors… Je la vois par la petite fenêtre. S'il n'y avait pas de créatures volantes, je ne verrais pas la vie, jamais. Les insectes, y en a rarement qui entrent, une mouche ou deux par mois… Mais les oiseaux, j'en vois presque tous les jours. Ça a pas dû être facile pour eux de peupler les airs, de décoller du sol, c'est bien qu'ils l'aient fait, c'est la seule vie que je vois, la seule preuve qu'il y a encore un monde, là dehors, qu'ils n'ont pas tout détruit…
Oh, je suis sûr qu'ils l'ont pas détruit et qu'ils l'ont fait à leur mesure, le monde doit certainement être parfait pour eux maintenant. Mais depuis des années que je suis là, j'imagine tout et son contraire.
La pluie, le vent, ça aussi c'est de la vie, et ça entre un peu aussi.
La nourriture sur les plateaux qu'ils amènent. Une carotte crue. C'est vivant. Tu parles d'une compagnie.
Ils amènent ça par l'ouverture, en bas de la porte, je vois parfois des gants, un bout de pantalon. Pas de visages. Pas

même le mien.
Une mouche.
Un oiseau.

Trois oiseaux dans le ciel.
Trois chansons dans ma tête.
Trois grains de beauté sur mon pied.

Ça fait peut-être 3 ans que je suis là, ça fait peut-être 14 ans que je suis là. J'ai pas gratté le mur pour marquer les jours. J'ai pas eu de procès. Du moins, je me souviens de rien. Les pilules prises les premiers temps m'ont ravagé le cerveau.
Je suis là indéfiniment. Jusqu'à la fin du monde.
On a rien vu venir.
On a tout vu venir. Si ça sent le riz, si ça ressemble à du riz, si ça a goût de riz, C'EST QUE C'EST DU RIZ !
Je l'ai bien vu cuire lentement le riz… Moi je l'ai vu, je l'ai senti, ça a rempli mes fosses nasales pendant des mois et des mois.
C'est plus le moment de se plaindre que tout est blanc, plein d'amidon.
On s'est fait pigeonner… Comme en quarante !
Oh pas tous… moi je me suis fait pigeonner, et beaucoup d'autres dans mon cas. Y en a sûrement plein qui sont contents avec la nouvelle situation du monde. Des qui en demandent pas beaucoup. Des qui ont peur de vivre, probablement.

Mais ces vapeurs de riz… ! Pourquoi ils ont pas réagi, les autres ? T'as besoin de te faire couillonner combien de fois avant de dire stop, avant de te dire qu'on te veut peut-être pas trop de bien… ?

J'ai fait tourner ça mille fois dans ma tête. Tout a été de

la prestidigitation. De haut niveau. L'art de la prestidigitation, c'est que tu mets tous les moyens de ton côté, avec tous les outils, toutes les techniques possibles et imaginables, et tu prends tout ton temps pour mettre ça au point… et quand tu le présentes, les gens qui voient ça n'ont pas du tout idée de tout l'effort que t'as mis dans la préparation… ils pensent qu'il y a pas de préparation, ils pensent que c'est frais comme une petite laitue vert tendre tout juste coupée, propre comme des fesses de bébé immaculées. Que tu les dupes pas, que tu trompes personne. Et tu peux leur donner l'illusion de n'importe quoi… que tu peux décoller du sol, voler, que tu peux faire apparaître un poisson dans leur slip, que tu peux faire disparaître un âne, recoller du verre cassé en deux secondes. Et ils te regardent : haaaaaaaaannnnnn, mais comment t'as fait ça !!!

Ben, le gars, il a fait ça parce que ça fait 30 ans qu'il travaille à ce tour, donc à un moment, c'est normal que tu sois pris de court… C'est juste là la différence. T'es pris de court. T'as pas idée. Le gars il a voulu t'impressionner et il a dédié sa vie à ce moment-là… donc y a deux poids deux mesures, tu peux pas rivaliser, t'as perdu d'avance.

Si t'as pas idée que quelqu'un peut mettre tant d'effort pour un tour, tu le crois magicien ! Tu le crois vraiment puissant, tu penses que tu dois le suivre, parce qu'il en sait plus que toi.

Le monde est divisé en deux : d'un côté, les grands prestidigitateurs, de père en fils, ceux qui veulent duper le monde et qui le font de manière entièrement professionnelle, et ceux qui regardent bouche bée le grand spectacle.

Moi j'ai commencé à réagir quand il se dégageait de leur

chapeau comme une odeur de riz… J'ai été voir ailleurs. Et je pensais que les autres pouvaient renifler ça aussi. Mais apparemment, ça les a pas choqués. Peut-être ils ont même été jusqu'à, dans les boissons offertes en début de spectacle, foutre un produit qui t'insensibilise les papilles nasales, comme on dit chez moi… Tout est possible… C'est des filous !

Je sais pas comment ça a commencé, ça, dans l'histoire du monde, la tromperie. L'ennui, l'insatisfaction. Ça a poussé à chercher plus, à chercher des petits plaisirs faciles et immédiats. Un gars s'est levé un jour, est allé chercher son cousin et il lui a dit : hé ! on va entourlouper Jeanine, et comme ça on pourra lui dérober le vin de sa maison sans se faire repérer, et comme ça c'est cool, on pourra se bourrer la gueule, et la journée passera plus vite !

Quand ils ont vu que ça marchait du tonnerre, ils ont plus arrêté… Scène suivante : des entourloupeurs professionnels mondiaux… C'est plus machin et son cousin, c'est les cerveaux les plus puissants alliés à des moyens de fou… Ceux qu'avaient plus de vin à l'époque sont passés à être les chefs de pays, les propriétaires d'entreprises gigantesques, propriétaires de mines d'or, propriétaires des réserves de pétrole, propriétaires des bombes nucléaires. Et dans ce cercle, t'entres sur invitation, faut montrer patte blanche t'as pas idée ! Faut jurer sur ta mère que tu les dénonceras pas… Faut signer un contrat que le diable te mangera l'âme si tu les trahis. Ton âme au diable, ouais, la vie de ma mère… !

Ho là… que se passe-t-il ? Du bruit dans ma cellule ! De la distraction ! J'en ai de la chance, moi ! Hop ! Je vois… c'est le pti dej, de l'avoine sans sucre et sans lait… merci papounet ! oh je t'adore papounet, t'es si bon avec moi !

Une ou deux fois par jour on a droit à ça… Y a souvent des purées on sait même pas avec quoi c'est fait… Je parierais sur le soja transgénique, c'est tout de même ce qui revient le moins cher… avec un peu de sel iodé et fluoré pour rehausser le goût. T'es un as, papounet !

Ils faisaient un petit peu plus d'efforts y a quelques années… la bouffe ressemblait un peu à quelque chose… on avait même droit de sortir de nos cellules une fois par jour… Maintenant, ils en ont plus rien à foutre… Y a plus de visites, plus d'inspections, plus de réclamations du monde extérieur, c'est clair qu'on sortira plus jamais de là.

Y a des carottes pas rappées et des poires dures de temps en temps. Je leur parle, je peux pas ne pas profiter d'un truc vivant en face de moi. Parfois, je les mange même pas. Pour pas rester tout seul.

Y a des vieux sachets de thé aussi… De l'herbe sèche, des momies de vie. Sûr qu'on a droit à tous les trucs périmés des bonnes gens de dehors. Même les trucs périmés à usage vétérinaire. On est des clébards pour eux. Franchement ? je suis un rien étonné qu'ils nous maintiennent en vie… Je pourrais presque leur trouver là un petit zeste de compassion… en cherchant bien. Je sais pas combien on est, dans mon cas. Mais je vois pas comment on pourrait ne pas être des centaines de millions… Parce que je suis rien de spécial, j'ai rien fait de spécial, j'ai juste détourné mon attention quand j'ai humé un léger fumet de riz… S'ils me coincent pour ça, imagine…

J'ai détourné mon attention et j'ai pas dit oui… Enfin, j'ai dit ni oui ni non, mais à un moment, même ça c'était trop. On peut se demander quelles mouches les ont piqués. Ils étaient déjà au sommet du monde, qu'est-ce qu'ils voulaient de plus ? Encore plus de vin, ils voulaient se bourrer encore plus la gueule…

Bien sûr, je me souviens pas bien de cette époque, juste avant la prison… y a toute une partie de floue… mais que je mérite d'être ici, c'est sûr que non… j'ai jamais été violent, surtout avec les autorités, j'en ai trop la trouille… J'suis un bon gars. J'ai deux trois images aussi de la prison quand on pouvait sortir de notre cellule… On aurait dit un village avec toutes sortes de gens… femmes, hommes, quelques ados, des vieux et des jeunes… Prison complètement mixte. Comme un village, sauf que y avait pas d'enfants, et que les bonnes gens avaient des regards éberlués. Comme si une massue leur était tombée dessus. Comme si leur chien venait de mourir à chaque instant. Avec les pilules, t'avais pas vraiment l'énergie ou la présence d'esprit pour essayer de comprendre, ou essayer d'entamer des grandes discussions…

J'ai surtout gardé cette image, une jeune femme aux cheveux longs et raides, genre châtain clair, elle a un air familier, peut-être c'était une voisine ou un truc comme ça… elle m'inspirait confiance… et je me rappelle de cette fois où j'ai essayé de lui parler… et elle m'a regardé sans trop d'intérêt, et je me rendais compte que je parlais complètement au ralenti… Je crois que ma bouche en était encore aux premiers mots pendant que ma tête formulait la fin de la phrase… j'ai laissé tomber.

J'ai pas souvenir de comment ils ont pu construire autant de prisons gigantesques, comment personne n'a vu ça… et si on était déjà sous garde, sans pouvoir réagir, ils nous gardaient où ?

Je suis sûr qu'il y en a des milliers, des prisons comme ça… je vois pas comment moi et les autres « villageois » on peut être là s'y a pas la moitié de la planète dans cette situation…

Je pense à Brad Pitt et à Bruce Willis et aux 12 singes... Je me sens dans cette situation parfois... et je pense à mille scénarios dans lesquels je retourne dans le passé pour VOIR ! Voir leurs tours de passe-passe, encore et encore... Voir chaque bout de bois ajouté au feu... Ils nous ont cuits sans qu'on s'en rende compte... et c'est tout un art... l'art de jamais apporter une sensation trop différente de la précédente, pour que jamais il vaille la peine de réagir... La chaleur nous donne le tournis, et on se sent tout relâché... et quand le cœur lâche, il est trop tard. On a rien vu venir.

Je crois que c'est l'époque qui a voulu ça... on a été trop gâté, on s'est cru, on a pété plus haut que notre cul, on a pas eu le goût pour la lutte, on pensait que y en avait qui allait lutter pour nous... qu'on allait leur filer du pognon et ils s'occuperaient de ça, comme ils s'occupaient de tondre notre gazon ou de nous faire gagner du pognon à distance... Tous des mollassons, j'te jure... ! Moi le premier... Ce que j'aurais pu faire ? J'en sais rien.... Peut-être y a eu des occasions que j'ai pas su saisir... qu'on a pas su saisir... Peut-être il s'est présenté des moments où les choses auraient pu basculer. Comment savoir ? Qui suivre, quoi suivre ? T'es méfiant... Y a tellement de conneries qui circulent, tellement d'affamés qui cherchent une croûte... tu doutes de tout.

Tu doutes, tu doutes, t'es mollasson, et hop ! tu te retrouves en prison... pour le reste de tes jours ! Ça fait cher la paresse ! Il coûte bonbon l'atermoiement... ! Et les prestidigitateurs allumeurs de feux te sortent des mouvements travaillés depuis 30 ans, et de père en fils... t'avais pas une chance... t'y as vu que du feu ! Dites donc, bonnes gens, elle est pas un peu chaude la sousoupe ? faudrait-y pas y voir là-dessous ce que diable y se passe ?

Je veux pas cracher dans la soupe, mais la vie de ma mère j'ai chaud aux fesses ! Et on se baladait ainsi dans les rues, les fesses à l'air pour chercher le refroidissement, des fesses rouges et fumantes… « Ça va toi ? ouais, impeccable ! et toi ça va ? ouais au poil, aux p'tits oignons… » « Comment ? y a un problème ? Non, haha, pas de problème, haha, pourquoi ? Desserre les dents ! »

Je fais le poirier 20 fois par jour. Pour regarder les choses à l'envers. Pour fonctionner à l'envers, que le sang prenne un autre chemin. Je fais le poirier pour regarder par-dessous. Je fais le poirier pour fortifier mes muscles, ceux qui servent à envoyer des coups de poing. Je fais le poirier en hommage aux poires, les dures et les tendres, les vraies et les sans faire exprès, les bonnes et les fendues, les juteuses et celles encore sur l'arbre.

Ce que je donnerais pour une eau-de-vie de poire… une vraie, à l'ancienne, quand on savait encore faire les choses, quand on avait l'amour du terroir, du métier et du prochain. Une bonne eau-de-vie à 50 degrés ! Je m'attacherais aux sensations d'une seule gorgée pendant des heures… Le brûle en bouche, les aromes qui s'en fraient un passage, la brûlure qui te monte aux nez, la langue anesthésiée, la salive qui se mélange et forge une autre boisson, une toute petite première déglutition, c'est la chute… tu suis la brûlure dans l'œsophage et toute la trachée, jusqu'aux bronches… tu respires et remplis tes poumons des vapeurs d'alcool qui s'étaient condensées dans ton nez… tu es inondé de partout… tu suis, tu sens chaque petit picotement dans chacun des organes touchés… Puis c'est dans le sang, puis c'est dans ta tête… un changement de sensations, le corps qui se relâche un peu, des nouvelles manières de penser se laissent découvrir… L'esprit de la poire, l'esprit du poirier, le monde à l'envers, le monde enfin à l'endroit, l'arbre, la terre, la putain d'alchimie du vivant... Une autre gorgée, c'est une deuxième couche, ça te confirme, ça te pousse encore plus, ça t'emmène... c'est un nuage qui enveloppe ta tête depuis l'extérieur, un nuage phosphorescent qui enveloppe ton corps... Je pourrais presque suivre son chemin jusqu'à la pisser... Je te jure... Si j'avais les choses d'avant... Juste une eau-de-vie suffirait... Juste de l'eau recueillie dans ses mains à genoux devant une source en Italie... Juste une table remplie d'aliments préparés par un être bienveillant... C'est un festin de sensations pour toute l'éternité ! Qu'est-ce que tu peux vouloir d'autre ? Que voulait le peuple ? Peut-être juste pouvoir continuer à faire son eau-de-vie tranquille et boire son eau de source, mais... ils ont pas tout contrôlé ? tout légiféré ? tout accaparé et tout interdit ? Fallait pas les chercher... ! Fallait pas venir les emmerder !

Tiens, je parle comme si le peuple avait gagné... Gagné quoi ?? Je cherche... je vois pas ce qu'il a eu comme victoire... s'il a offert des représailles... y en a peut-être eu quelques-unes, je me souviens pas... Y avait des bons débuts de protestations, ça oui... Je me souviens d'une chanson en anglais, pendant une manifestation quelque part au Royaume-Uni, elle était restée dans ma tête pendant des mois et des mois... Elle s'appelait « Nous sommes les 99 % ». Et ça disait : *tu peux te foutre ton gouvernement mondial au cul, tu peux te foutre ton nouvel ordre mondial au cul... nous sommes les 99 pour cent, ensemble nous sommes puissants, la reine sera arrêtée en robe de chambre... Tu peux te foutre tes multinationales au cul, Tu peux te foutre ton coronavirus au cul...* Des trucs comme ça. Ça m'avait fait pleurer, je te jure... Parce que pour moi ça sentait le riz, le riz radioactif et c'est bon de voir des gens qui ont encore un cœur qui palpite se rassembler... des putains de protestataires et des putains de chants révoltés. CONTRE NOUS DE LA TYRANNIE-EUH... hé ouais, elle est belle la chanson de mon peuple… mais il a fait quoi mon peuple quand la tyrannie est venue ? Ma parole il s'est écrasé comme une merde… Tous ces beaux parleurs pleins de diplômes et de vêtements sophistiqués qui nous expliquaient pourquoi il était dangereux de penser par soi-même… Allons allons, ceci est une maladie, il y a un mot pour cela, elle est parfaitement définie, on peut t'aider si tu veux, mais il faut que tu sois sage maintenant… Sois raisonnable et laisse penser ceux qui savent… tu vas te blesser et blesser les autres… allez, rentre chez toi et regarde Netflix…

ah quelle tristesse… Mais si ça sent le fromage, si ça a goût de fromage et si ça a tout l'air de fromage, c'est que c'est probablement du fromage…

Question du jour : faut-il manger la croûte ? Je reçois aujourd'hui mes invités, le professeur Entourloupe, le professeur De la Fondue, et le chercheur Lucas Membert… il faut pas gâcher… la croûte contient des tas de bactéries utiles au système… certaines du plastique, alors… moi, petit, ma mère…

C'est la faute à personne, quand l'eau est trop chaude, t'es déjà foutu… Pas grand monde n'est mauvais, mais la situation ramollit drôlement la caboche, dilate les orifices et de là tout peut s'immiscer…

Tu peux te mettre les médias menteurs au cul, tu peux te mettre les médias menteurs au cul, on est les 99 pour cent, ensemble NOUS SOMMES PUISSANTS...

Je fais le poirier en chantant… je peux chanter fort, on entend rien depuis les autres cellules… Je te raconte pas combien d'argent ils ont mis dans ces constructions… c'est pas du contreplaqué… J'imagine trois rangées de parpaings rembourrés de laine de chanvre. Fois cent milliards. Et c'est qui qu'a construit ça ? le maçon qui a posé chaque parpaing de ma cellule... avec amour, ou avec fatigue... à quoi il pensait le mien : à quoi ça va servir ? qui va en profiter, de ce beau travail, depuis l'intérieur... ? savait-il que c'était une prison ? peut-être y est-il aussi enfermé, quelque part, un peu plus loin, ou dans une autre région... J'ai posé mes mains sur chaque parpaing à ma portée... j'ai essayé de sentir s'il avait laissé quelques pensées, quelques humeurs, quelques rages... si le sable en contenait aussi, si l'eau y était emprisonnée... j'ai senti que dalle... jamais rien senti... Tu parles d'une compagnie... Pas même une petite odeur spéciale... y a rien sur les murs, qu'une peinture inerte et grise.

La Marseillaise est un chant de guerre révolutionnaire, un hymne à la liberté, un appel patriotique à la mobilisation générale et une exhortation au combat contre la tyrannie et l'invasion barbare...
    ILS VIENNENT JUSQUE DANS VOS BRAS, Égorger vos fils, vos compagnes... Laissez-donc les faire, Mourrez en soumission, Marchons, marchons, Qu'une âme impure, Nous guide vers la prison...
    On est tous des parpaings, on est tous des mollassons.
    Quelqu'un ici se souvient de Vera Lynn ? Vous vous souvenez de ce qu'elle a dit, que nous nous retrouverions, un jour ensoleillé ? Vera, putain, Vera, qu'es-tu devenue ? Es-tu derrière ce mur ? Juste une brique de plus pour m'empêcher de te voir...
    Oh Le Mur, oh Bob, oh Roger, soyez bénis... Je m'endormirai pour toute l'éternité en regardant, projetée sur mon mur gris, votre œuvre... Oh comme j'aurais aimé tout savoir sur ce film... Quelle distraction d'être libre, et quelle soif d'être en prison. Je donnerais facilement mes deux jambes, ou alors un bras, pour avoir internet aujourd'hui... Et le premier truc que je ferai, ce serait de compiler absolument toutes les infos trouvables sur la vie

complète de Bob et de Roger, et de Gilmour et des autres… d'Alan Parker… où ils sont nés, comment était leur famille, comment ils étaient petits… et tout le reste… et puis comment est née cette œuvre, et tous les documents s'y référant et traitant du sujet… toutes les critiques ou citations qu'on en a faites, tout, je boirais tout, et après je regarderais encore une fois ce film en grand, en haute… définition, je mettrais toute ma fortune pour acheter le projecteur le plus perfectionné et j'en ai rien à foutre si ça viendra d'Amazon, le monde est déjà foutu, mais moi j'aurai ça et le monde peut m'embrasser le cul…

Et je regarderai les images défiler, la tyrannie fasciste déjà menaçant le monde des années… 90… je sais pas quand il est sorti le film… Ils sentaient quoi, Bob, Roger, ils pressentaient quoi… pourquoi nous ont-ils mis en garde contre le retour du parti noir et rouge… et où sont-ils maintenant… dans un château ? dans une prison ? que pensent-ils de tout cela ? Faire exploser Le Mur, faire exploser Le Mur… *we don't need no education… we don't need thought control…*

If you don't eat your meat, you can't have any pudding!

Le grand symbole de la tyrannie, le parti noir et rouge, appartenant à notre mythique et horrible passé, d'un temps révolu, lorsqu'on était fous, lorsqu'on savait pas, lorsqu'on était pas conscients et informés comme aujourd'hui… Et pendant des décennies, le grand cliché de la bonne conscience et de la satisfaction de soi de la bonne bourgeoisie ramollie, la réponse à la fameuse question : Ouais, et toi Beverly, alors en fait, si t'avais une seule possibilité de retourner dans le passé pour changer quelque chose, tu choisirais quoiii, toiiii ? Moiii ? oh ben je pense que j'irais à l'époque de la naissance d'Hitler, et je le tuerais, tu voiiis… Ah ouais, tu ferais ça ? ouaaah… t'es une bonne personne Beverly, vouloir sauver des millions de vie… Je t'admire ouaiiiis.

Ouais, je l'imagine bien, la Beverly, propulsée en Autriche à la fin du 19ᵉ siècle sans téléphone portable, sans réseau social pour crâner de ses actes auprès de ses amies, ce qu'elle fera, devant un petit enfant normal, ce qu'elle sera capable de faire… Vas-y Beverly, surprends-nous ! Parce qu'aujourd'hui, la tyrannie a un autre aspect qu'un petit bébé à moustache, tu vois, ça change tout le temps, le truc c'est de l'identifier, ça sert à rien de faire les malins avec un siècle de recul… Et donc aujourd'hui, chère Beverly, t'es un peu mollassonne du ciboulot devant une certaine montée en quatrains si-bémol… T'es franchement molle du genou, t'as les guibolles qui tricotent… Oublie la moustache, va pas y en avoir cette fois… mais regarde le reste, regarde les points communs… juste regarde ! Ah nan, mais regarde pas la télé, t'es conne… Tu crois que y aurait quoi à la télé dans les années trente (d'il y a un siècle) ? Ah… oui, y avait pas la télé, c'est vrai… Mais dans les journaux ? à la radio ? sur les affiches dans les rues ? T'aurais le moustachu qui te crache sa propagande au visage, le moustachu qui te crache sa peur de ses ennemis choisis, et qui te crache qu'il a la solution, lui, et qu'il faut l'écouter… et les mêmes phrases s'appliqueraient pour décrire notre même situation… écoute ça… *des milliers de petites affaires et de commerces ferment... 6 millions d'Allemands sans travail... la propagande a un impact maximum sur un peuple déprimé par la faim et le chômage... avec l'aide des grands banquiers et des grandes industries, le pouvoir bénéficie d'un pouvoir omniprésent... les journaux l'encensent... il a profité de l'incendie du parlement* (probablement un inside job, pensent les historiens) *pour se voir accorder les pleins pouvoirs... il met fin aux libertés individuelles, à la liberté d'expression,*

aux rassemblements publics, emprisonne ceux qui le contredisent…
Y avait même, dans un registre certes différent qu'à l'époque, mais quand même, ça rappelle pas mal, les *bons citoyens* avec leur laissez-passer en règle, leur badge sur le revers de la veste, et les parias qu'avaient pas droit à la vie sociale et culturelle…

C'est vrai que ça sent le fromage… mais c'est probablement pas du fromage, parce qu'on est intelligents, nous autres, aujourd'hui, on va pas s'y laisser reprendre, tant critiqué qu'il a été, tant de critiques qu'on lui a foutues sur la gueule, plus jamais ça, bien sûr… on est à l'abri derrière notre grand âme sage et noble…
ET C'EST bien pour ça qu'il faut jouer de la censure, jouer de cette gâchette aujourd'hui, n'est-ce pas ? C'est le justificatif… Aujourd'hui, c'est bien connu, on nage dans la vérité… Je l'ai entendue la Charlotte : ouaiiis mais quand même, faut le faire, parce que tu vois, en Allemagne, si on avait censuré Hitler, ben il se serait pas passé tout ça…

Oui, mais à l'époque, ceux qui censuraient c'était les autres… C'est qui qu'a fait tout ça, c'est qui qui brûlait les livres ? Du côté de qui tu crois que t'es ? Tu censures les gens dans une dictature, pour une propagande, pas dans une « démocratie »… C'est pour ça, si ça sent le fromage, moi, je serais toi, je déboucherais direct le vin…

Le nœud du problème, bien sûr, c'est la censure et la propagande… c'est la propagande et l'amour physique, romantique, charnel, sensuel et avec le zizi, du mensonge. Pourquoi y a le mensonge ? pourquoi un enfant ment-il ? parce que ce qu'il veut, ou ce qu'il ne veut pas, est plus important pour lui, à un moment, que la vérité. Et il n'a pas, dans sa situation d'enfant, une préoccupation démesurée pour le bien-être de l'humanité, l'empêchement d'un génocide ou le dérèglement génétique humain… voilà… *plus important que la vérité*… c'est la notion sur laquelle il faut insister… C'est tout un concept lunaire, tentaculaire, pas évident de prime abord, ça vient pas naturellement, il faut creuser du côté du principe de plaisir («le principe de plaisir est un concept central en psychanalyse, opposé au principe de réalité»), du côté de la psychopathie («le psychopathe est caractérisé par un comportement antisocial, un manque de remords et un manque de comportements humains, généralement associé dans la culture populaire à un mode de vie criminel et instable, bien que cette notion recouvre des types de personnalités bien intégrés dans la société, voire considérés comme des modèles...») et du côté de l'alcoolisme (l'alcoolique n'hésitera jamais à faire moult entourloupes pour obtenir l'objet de son désir)…

Donc, ma chère Charlotte, si tu vois des trucs bizarres autour de toi, type une vieille mimolette ou un brie qui coule, et que tu vas te poster devant une affiche du IIIe Reich pour savoir de quoi il retourne, ça va pas faire avancer le schmilblick bézef… Tu comprends ? Tu vas recevoir des postillons du moustachu qui va continuer à te faire peur et à te vendre sa salade César, croûtons sur le côté, c'est pas lui qui va te parler caillage et affinage… Et fromage ou pas, de toute FAÇOOOON, c'est jamais bon de se nourrir à la même source, tout le temps, de mettre tous tes paniers dans les mêmes œufs, c'est comme ça que la pensée unique prend de l'ampleur, que les poules se serrent les coudes, et que les perroquets sont couronnés. Parce que si t'entends les mêmes choses qui se répètent, avec une voix un peu dissonante, désagréable, inhumaine et rauque, c'est que ce sont des perroquets qui en sont les auteurs…

Ça c'est une première chose à laquelle il aurait fallu faire plus attention... Il y a très peu d'infos, et beaucoup de répéteurs... On te dit de répéter, tu répètes, c'est ton métier... C'est pas ta faute si l'info de base est biaisée. T'es content d'avoir un métier, t'as une famille à maintenir, tu vas pas aller froisser ton patron avec tes petites lubies matinales et tes sautes d'humeur hormonales...

Et c'est là la deuxième chose qu'il aurait fallu prendre en compte beaucoup plus sérieusement... si l'info de base n'a vraiment pas la possibilité d'être corrompue... Ce serait étonnant, certes... ce serait presque du jamais vu... ce serait un scandale monstrueux... mais impossible ? Vous vous souvenez de l'histoire des prestidigitateurs ? Bien... Et de l'enfant ? Bien... Si tu les mets ensemble et que tu mélanges le tout pour quelques générations, le résultat n'est pas juste un lapin, ou un verre de vin... c'est un résultat global et super bien ficelé.

C'est dur à croire bien sûr... Et si c'était vrai ? Si c'était vrai, ils en parleraient pas à la télé, c'est pour ça qu'on s'est fait baiser.

On s'est fait baiser parce que c'était trop dur à croire, et parce qu'on ne voulait fondamentalement pas y croire... On a tous vu un milliard de signes de maboule, mais on a rien dit, on a fermé les yeux, et ceux qui se sont prononcés sur les bidouillages en question se sont fait mordre immédiatement les doigts jusqu'au sang... Qu'ils aient été prix Nobel de médecine, spécialistes mondiaux sur la question, en charge d'hôpitaux entiers avec leurs milliers de médecins et leurs centaines de milliers de patients dont ils avaient littéralement la vie entre les mains, simples citoyens avec l'œil encore vif, ou schizophrènes de troisième catégorie, ça a été du pareil au même : comme en quarante, discrédit total, je te mets aux arrêts, je te fous un procès au cul, je te démets de tes fonctions, je te calomnie avec tous mes potes dans les médias, voire avec les perruches ondulées qui gazouillent pour nous sans le savoir. Y avait ceux qui tiraient les ficelles, mais y en avait surtout tout plein qui, dans le même sens, bougeaient tout seul, comme des spaghettis tous chauds dans la cuisine d'un trois-mâts en haute mer… J'ai appelé ça le syndrome papa Noël. Parce qu'on est tous des petits enfants dans les bras du père Noël. On l'aime bien et on se sent bien. Il nous a toujours amené des cadeaux merveilleux, il prend soin de nous et il est super sympa. La vie est merveilleuse à cette époque de l'année et on est content d'être en vie. Et puis à un moment tu vois le père Noël le froc sur les godasses en train de se faire sucer par un accro au crack de 40 kilos et sans dents.

C'est ça, ce qu'il se passe.

T'hallucines.
T'avales de travers.

Et là, soit tu comprends que ton monde s'écroule…
Soit tu détournes super vite fait le regard…

Tu te tires en vitesse, et tu te dis que t'as dû mal voir, que ça s'est tout de même passé très vite… trop vite pour pouvoir en tirer une conclusion… Et un conflit naîtra en toi, petit à petit… C'est pas simple, et l'issu du conflit, ça dépend pour chacun. Ça tiraille, ça cisaille, ça griffe l'âme, entrent dans le combat des aspects inconscients de ton être, des archétypes primaux, des ressources inconnues et inconnaissables… mais ton amour pour la vie, pour ton enfant intérieur, pour l'illusion et la confiance que tu avais accordées à cette merveilleuse figure paternelle, pourra bien faire que tu décideras que c'est pas vrai, que tu seras CONVAINCU, tu te seras auto-convaincu que t'as rien vu… et tu déverseras une haine d'autant plus viscérale à ceux qui te parleront de cette scène que ça remuera un truc en toi que ton être a décidé qu'il n'était pas prêt à accepter...

C'est ce qu'il se passe avec nos souvenirs enfouis. Avec nos expériences traumatisantes. La psyché humaine est très puissante pour se protéger elle-même, elle est très ingénieuse. Et par définition, tu te souviens pas de ce dont tu te souviens pas. T'es aussi bloqué que quand tu regardes la télé pour savoir si les médias mentent. La réponse est évidemment non...

On se croit à l'abri de ça, comme à l'abri du moustachu, mais je t'assure, si ton père t'a violé dans ta petite enfance, ce mécanisme va se déchaîner en toi à vitesse grand V. Arrête de faire le malin. T'es un putain d'enfant dans un monde de requins.

Là, ton père, c'est la société. C'est ton cher gouvernement à qui tu obéis et de qui tu espères en retour affection et protection. Et ça t'énerve de voir qu'on le critique. Et tu fais partie de lui, et tu le défendras bec et ongles. Tu continueras à le défendre peut-être même alors que tu le vois se faire sucer par les labos pharmaceutiques en direct... C'est pas simple. Mais y a pas de mauvaises personnes. Y a les courageux qui voient les atrocités et qui pensent à leurs frères humains, d'un côté, et y a les amoureux de la vie, les nostalgiques du bonheur, des bonnes personnes qui ont donné leur confiance sans limites, qui pensent aussi au bonheur du monde, de l'autre. Ils sont pas si éloignés au départ... Un qu'a plutôt la propension à la révolte, l'autre qu'a plutôt la propension au soutien... Mais le conflit doit être résolu et le chemin intérieur éloigne les voyageurs et finit par les opposer. Ils atterriront dans deux camps bien différents : les conspirationnistes et les collabos.

Comme on a dit.

C'est évidemment extrêmement péjoratif et complètement injuste, dans les deux cas.

Les collabos ont eu l'avantage. Ils avaient pour eux, pour commencer, l'inertie. Sauf s'y a une grosse force qui te fait bouger, l'état naturel du patient reste le même, qui est qu'a priori tout va bien dans le meilleur des mondes, j'espère juste gagner au loto et que mon voisin arrête de me faire chier.

Et ils avaient avec eux, excusez du peu, les politiques, les multinationales, les médias, certains juges, certains religieux... Et dans ce cas, il peut circuler tous les jours dans la rue des photos du père Noël les fesses à l'air, il se passera rien. C'est pour ça que je suis en prison.

Les conspis, eux, avaient les faits avec eux.
Je suis un conspirationniste, vous l'avez compris. Je cherche à vendre ma salade. Il y a jamais eu de père Noël en train de se faire lécher les couilles, bien sûr que non... t'es con ou quoi ? T'as vu ça où ? Vas-y, continues d'accrocher tes guirlandes rouges et vertes, et à faire du feu dans la cheminée... même si c'est par là qu'il va descendre... Nan nan pardon, j'arrête de chercher les noises, j'ai rien dit, ça se contredit pas, t'inquiète...

J'vais m'pieuter en regardant par la fenêtre voir si je vois un oiseau. Ça m'écœure de désirer ça tout le temps, et d'attendre, mais ça fait tellement de bien quand ça arrive... c'est juste un oiseau, mais c'est de voir la vie, et c'est de voir une vie innocente... pure... c'est comme de voir la vierge Marie ou chépa quoi... Devant tant d'hostilité, ouais, voir un oiseau ça me fend le cœur d'apaisement... Ça fait envie de pleurer de voir quelque chose qui t'en veut pas, qui t'accuse pas, qu'est ni pour ni contre mais qu'est la pure joie de vivre… ouais, la liberté. Il a p't'être aussi ses petits problèmes d'oiseau, je dis pas… mais je pense qu'ils gèrent ça mieux, les oiseaux… qu'ils pardonnent tout de suite, qu'ils résolvent ça intelligemment… pas comme d'autres.

S'pieuter le jour, s'pieuter la nuit, s'pieuter devant, s'pieuter derrière, s'pieuter par terre… Je dors au moins 16 heures par jour. Presque comme un lion. Ça occupe. Ils nous passent une cuvette et des serpillères une fois par semaine, par l'écoutille du bas. Ça occupe aussi, moins. On le fait si on veut. J'adore ça, je fous tout sur le lit pour commencer et je lave tout le sol… C'est assez bizarre, mais la cellule est franchement pas petite. Je l'ai mesurée six mille fois de mes pas, et d'après mes estimations, je dirais qu'elle mesure 6 mètres de large sur huit mètres et demi de long. Pour y laisser mourir les gens, c'était franchement pas la peine… Vu comment est encastré le lit, vu où sont les chiottes et le lavabo, ces piaules ont été apparemment faites pour une seule personne… et ça, ça m'a fait travailler les méninges vous savez pas combien de nuits et de jours. Ça amène plein de théories, plein de possibilités sur c'était quoi leur plan au départ. Mais je vois pas comment ils auraient pas changé de plan en cours de route… à moins, encore une fois, qu'on puisse y voir un zeste de compassion… Beh.

Enfin, bref, c'est pas super rapide de tout laver. Juste une serpillère et tes bras. Pas de balai. Faut s'accroupir, comme un singe. D'abord un passage rapide pour récupérer la poussière… Je rince, j'écume la poussière qui flotte dans la cuvette, je re-rince, et là, je lave avec acharnement et préméditation… Chaque recoin devient nickel, ça sent bon. Ça sent rien mais ça sent bon. Je me sens plus léger. J'imagine qu'y en a qui le font pas. J'ai imaginé des millions de fois qui est dans les cellules de cette prison grande comme un centre commercial… Qui, comment c'est dedans, ce qu'ils font, combien se sont suicidés, combien de cellules sont immondes, combien bien rangées et propres, combien sont vides, qui a encore un livre... Putain si j'avais un livre, la vie-de-ma-mère... pourvu qu'il y ait pas de mensonges, pourvu que l'écrivain parle avec son âme. Je suis allergique au mensonge... littéralement ! Il me sort des plaques rouges sur le corps. Ça veut pas dire que je connais que, ou ne vis que, avec la vérité. Je suis probablement truffé de mensonges internes, comme tout le monde. Des fausses mémoires, des sentiments injustes, des incompréhensions, de la mauvaise volonté, de la mauvaise foi... Je dis pas le contraire. Mais quand je pense à des mensonges passés, quand je m'imagine lire un article de corrompu du cul, c'est la nausée directe et les tâches rouges. En prison, crois-moi, tu développes ton imagination comme un aveugle le toucher... Ça devient quelque chose d'autre, quelque chose de beaucoup plus réel.

 Et quand ce sont les mensonges qui t'ont amené à ce cauchemar carcéral... Tu fais le calcul.

2

Ça y est, je suis réveillé. J'ai pas vu d'oiseau. Mais j'ai rêvé. J'étais dans les bras d'une gonzesse. Ça sauve…
C'est probablement à ça que servent les rêves… Parce que personne ne sait à quoi ils servent… J'avais acheté un ou deux livres sur les rêves, c'est que des théories, et ça se contredit, et y a des explications qui tiennent pas la route… Moi je dis que personne ne sait.
Alors peut-être qu'ils servent à ça… À avoir ce dont t'as besoin… à toucher ce dont t'as besoin, ce sans quoi tu deviendrais fou. Ils peuvent te priver de tout, mais dans tes rêves t'es le roi du monde… Parfois c'est un monstre qui te dévore, ou t'es sans pantalon dans la rue, et c'est chiant, mais parfois tu cours sur l'océan ou t'as une gonzesse toute nue rien que pour toi… Dans beaucoup de cas, t'es sans pantalon.

Je conspire, tu conspires, nous conspirons, vous conspirez.
Tu complotes, je complote à la pomme.

Ouais, les collabos et les conspirationnistes. Tu parles d'étiquettes foireuses…

En soi, le mot « collaborer » n'est pas du tout négatif, et même au contraire, il a plutôt un aspect positif dans la plupart des cas. Mais il a été associé à des actes très douteux au cours d'une période de l'histoire, et ça dépend dans quel contexte tu l'utilises, mais il peut avoir tout de suite une forte odeur de Munster caché sous un meuble.

« Conspirationniste », a priori c'est un mot qui a été construit sur le tard, mais qui vient du mot « conspiration », qui en soi a une note négative, au contraire du mot « collaborer ». C'est un mot négatif, qui parle de choses désagréables et honteuses et que les « conspirationnistes » justement, tentent de dénoncer. Donc a priori, arrêtez-moi si je me trompe, les ennemis de mes ennemis sont mes amis… ou un truc comme ça… Moins fois moins égale plus. Mais ça en énerve beaucoup, à cause de l'histoire qu'on a dite, celle qui se passe fin décembre… Donc c'est un mot que les gens qui veulent prononcer prononcent avec une grimace, et ça va ainsi tacher le mot au fur et à mesure que s'écoule le temps (c'est-à-dire tout le temps). C'est vite devenu une injure. Tu peux transformer n'importe quel mot en injure s'y en a qui veulent. C'est pas dur. C'est comme le mot « con »… au départ, je crois me souvenir que ça a eu une racine qui signifiait fourreau… Certains l'ont associé poétiquement, ou taquinement, au sexe de la femme… et de là, que s'est-il passé ? qu'avez-vous donc fait avec ce fait ? un mot vulgaire, négatif, qui signifie stupide et je sais pas quoi… Je suis personnellement prêt à accueillir 20 ou 30 cons dans ma cellule tout de suite… bien au contraire… n'hésitez pas… Voire même quelques conspirationnistes, s'ils font pas trop chier… car c'est vrai que l'injure se justifie tout de même un rien dans ce cas, car, au contraire des collabos dont la spécialité est de pas voir ce qu'il y a, il y a dans les rangs des conspirationnistes beaucoup de gens qui voient des choses là où il y en a pas.

Comme on le voit, il eût semblé très judicieux d'avoir eu cherché un point intermédiaire. Passer par le milieu. Mais peu de personnes ont cherché cela, c'est plutôt convertir l'autre et dénigrer, détruire l'autre, l'attitude qui a été choisie par tous. Tu penses pas comme moi ? comme... MOI ?? J'vais te taper sur la gueule... !
Ouais, on savait plus débattre, on savait plus écouter, et, à la lumière du point de vue de l'autre, s'enrichir, grandir. Allez savoir pourquoi. Et on se retranchait derrière : ta manière de penser met ma démocratie en danger !

C'est à mourir de rire. Ils ont pas arrêté de censurer au nom de la démocratie... Elle est pas belle la France ? Elle est pas belle la politique mondiale ?
Du foutage de gueule... Le politiquement correct était devenu super à la mode, un effet de mode disproportionné.... Et si le *politique* devient maboul, c'est la folie qui devient correcte.

Il aurait fallu se jeter sur le serpent hypnotiseur médiatique. Pour couper le charme. J'te lui aurais déchiqueté le cou avec mes dents à c't'enflure.
Il aurait fallu se jeter sur les tubes qui déversaient en permanence par intraveineuse le liquide empoisonné. Pour essayer d'en sauver le plus. Et plus tu te sentais faible avec ce poison, avec cette peur, avec ces mensonges, plus tu demandais une augmentation du liquide, pour aller mieux, pour atteindre enfin l'amélioration... On te l'avait dit : point de salut en dehors de l'hôpital. T'avais pas de raison de pas y croire.
Y avait pas d'autres sources de toute façon. Les rassemblements publics étaient interdits, les réunions dans

les cafés étaient interdites… sur les réseaux sociaux, tes trucs disparaissaient deux heures après que t'aies émis une petite critique sur la manière officielle de se soigner, ou autres horreurs du même genre : quelconque de tes avis personnels sur des sujets chauds. Comme c'est des avis persos, ils sont par définition illégitimes, infondés… et la potentialité de contamination pour autrui est extrêmement forte… les pauvres ouailles, avec leur tête sensible… fallait les protéger.

On te mettait les mêmes idées partout, à l'école, dans les films, dans des programmes de divertissement… Ouais, nous les cons, ou les conspis, on était foutu d'avance… C'était comme lutter contre Staline et Hitler associés… Fallait être couillu pour lever le petit doigt. Fallait pas être regardant sur si c'était important d'en avoir deux. Moi j'ai presque rien dit… Ils ont dû choper un truc en conversation privée, ou l'achat d'un livre que j'ai fait… Ils étaient partout. Ça s'est vite accéléré. Ils se sont plus fait chier à se cacher, à un moment.

Plusieurs l'avaient même dit ouvertement des années avant, *une bonne crise serait souhaitable pour imposer un gouvernement mondial…*

Fin 2019, ils ont fait une répétition de la pandémie, ils ont appelé ça Event 201. Et des trucs comme ça, des petites « coïncidences », il y en a eu des milliers. Ils se cachaient pas, tout était (enfin, en tout cas suffisamment) exposé.

Mais faut bien voir QUI voulait ce gouvernement mondial… qui l'organisait… car en soi, un gouvernement planétaire n'a rien d'une idée horrible, pourvu que chacun puisse conserver son identité… sa liberté… on est d'accord ? Liberté d'échanges, de mouvements, concertations et résolutions des problèmes à grande échelle, on pourrait applaudir devant cette idée… Un gouvernement mondial qui aide les gens dans leur vie de tous les jours… Or, c'était le contraire qui se profilait… Les gens dans leur vie de tous les jours qui allaient aider le gouvernement mondial. C'est pas le gouvernement mondial qui allait nourrir les gens, c'est les gens qui allaient nourrir le gouvernement mondial. C'est pour ça qu'ils se cachaient, un peu, au départ, l'intention n'était pas avouable… ça aurait dû mettre la puce à l'oreille… C'étaient pas des grands humanistes, des êtres sages et inspirants, humbles et transparents, qui fomentaient ça, on est d'accord ? C'était le contraire, des salopards sournois et opaques, les grands banquiers, les grands magouilleurs égoïstes… Ils parlaient de monde en paix, où chacun se sentirait en sécurité… traduction : un monde sans trop de liberté où tout est sous contrôle, l'obéissance aux lois choisies par les grands technocrates et où chacun possède une identité digitale infalsifiable (ils ont appelé ça ID2020, entre autres, chépa si vous en avez entendu parler).

Franchement, je suis tombé sur tout ça sans trop de problèmes, sans même le chercher au départ. C'est pour ça, c'est bizarre que la mayonnaise de la révolte n'ait pas pris. Je comprends pas. Tu tombes sur la photo du père Noël défroqué : non. Rien. Et toi ? Pareil, rien. Fait pas chaud pour la saison, non ? Tout à fait d'accord, on se caille les meules… que fait donc le gouvernement ? Comment tolère-t-il notre souffrance ? Peut pas faire quelque chose avec leur technologie actuelle ? C'est tout de même un monde !

Bien sûr, les mesures n'étaient pas populaires, mais on savait au fond que c'était pour notre bien, c'était pour parer à la crise… après, les choses retourneraient à la normale…
Les crises, bien sûr… La normale. lol.
C'est comme en quarante… j'te brûle un parlement pour faire avancer les choses… C'est un petit Hollandais qu'a

fait le coup, ils l'ont arrêté… et hop le nazisme au sommet du monde sans vergogne. J'te mets par terre deux tours jumelles, c'est des petits gars qu'ont fait ça… on le sait parce qu'on a retrouvé un passeport et des effets personnels dans les décombres… Chépa en quoi ils étaient faits ces objets-là, mais ils ont résisté à l'explosion d'un avion et à un incendie de plusieurs heures si chaud que ça a fait écrouler les gratte-ciel… et en quelques minutes ils sont apparus dans les décombres sagement pour Sherlock Holmes qui, pipe en bouche, a fait : mmh mmh… tiens tiens tiens, qu'est-ce que nous avons-là… Il était sur une piste !

Ils te disent que ça arrive dans les crashs d'avion, qu'on retrouve des objets éparpillés… oui, quand ils se cassent en deux par terre… T'as vu comment ils se sont encastrés méchamment dans les tours ?

Ils ont retrouvé aussi une voiture avec le mode d'emploi pour conduire un Boeing 727… Mouais… là les prestidigitateurs, ils ont pas trop travaillé leur coup, ils ont fait ça à la va-vite… heureusement que le public est pas trop regardant sur les détails… Ils ont quand même applaudi, malgré des milliers de contradictions, milliers de témoins qui disent qu'il s'est passé des trucs louches, des experts qui disent que des tours ne peuvent s'écrouler ni à cause d'un incendie, ni à cause d'une bombe, une troisième tour non touchée mais qu'a démissionné direct devant l'effondrement de ses deux sœurs de toujours… et puis des trucs suspects, comme des grosses ventes d'actions, ou d'achats d'actions, en rapport avec ce qui allait se passer le lendemain… et j'en passe. Les passeports étaient d'Arabie saoudite, je crois, mais ils ont été foutre sur la gueule à l'Irak en étant sûr qu'y avait des armes de destruction massive… J'vois pas le rapport… Après ils ont dit : oups, pardon, je crois qu'on s'est trompés… Ils ont fait tomber le gouvernement d'un pays plein de pétrole en passant, quand même, ils y sont pas allés pour rien…

Ils ont gagné les lois liberticides aussi : le *Patriot Act,* qui a toujours été en vigueur 30 ans après… bien joué ! Tout en douceur, comme toujours…
On nous prend vraiment pour des cons…

Tous ces *inside job*s permettent aux autorités de ne pas respecter le droit des gens…
En France, ils ont interdit aux gens de filmer la police dans les manifestations… Restreint complètement la présence de la presse aussi, pour s'y en avait encore des indépendants qui cherchaient les noises… Puis couvre-feu et interdiction en tout genre… mais alors là, EN TOUT GENRE…
Pour le bien-être de la population, bien sûr… vous inquiétez pas, ça va passer, dès qu'ils peuvent ils vont lâcher la bride… attendez deux secondes… ça y est presque… presque… attendez… encore un peu… Oh non, y en a un autre qu'arrive… oh ben c'est ballot, ça… !
J'vais pas vous expliquer les drôles de coïncidences qu'il y a eu, sur l'affaire de cette *plandémie*, comme ils ont appelé ça, ils en ont fait des dizaines de reportages, vidéos, textes en tout genre : le foutage de gueule, du début à la fin, est monumental… Si vous avez fait les chochottes devant l'épouvantail du mot « complotiste », ça sert à rien que j'en rajoute ici, vous allez vous barrer… Si vous avez pas fait les chochottes, vous connaissez déjà tout ça… donc ça sert à rien… Le seul truc que je peux dire, c'est qu'ils nous ont fait tourner en rond comme des saligauds, avec des faux débats à n'en plus finir… Le dernier dont je me souviens était : alors, bienvenue à tous, question du jour, que faut-il penser du débat entre sacrifier la jeunesse ou sacrifier la vieillesse… ? Et ça te part là-dessus au quart de tour, moi ma grand-mère est une salope, moi mon petit-fils est un enculé… ou chépa quoi…

J'vais faire court sur la question : y a des traitements qui marchent.

Depuis le début.

Et ils le savent.

C'est aussi grave que ça.

C'est du génocide… enfin chépa c'est quoi le nombre de morts qu'il faut pour rentrer dans la catégorie *génocide*, mais en tout cas, c'est pas du léger léger comme abomination.

Des docteurs ont fait des conférences de « « presse » » (j'ai mis deux fois des guillemets, je veux tromper personne) dès mars 2020, devant leurs hôpitaux, en criant, en suppliant qu'on arrête cette mascarade, qu'ils traitaient les gens avec des médicaments connus et pas chers et qu'ils avaient 100 % de réussite. 100 % de guérison les amis.

Les médecins généralistes qu'avaient pas peur de se faire taper sur les doigts prescrivaient ces mêmes médicaments…

Je suis pas sûr, et je veux pas faire circuler de fausses informations, mais je crois que des pays entiers faisaient usage de ce genre de médicaments, et qu'ils avaient des taux nationaux de décès ridicules… En Afrique, en Asie… genre les pays les plus oubliés…

Et peut-être que ça peut pas marcher dans 100 % des cas si ça se trouve, exactement comme la grippe chaque année… mais t'es libre de protéger ta famille, mec ! Au contraire, fais-le ! T'en avais rien à foutre jusqu'à maintenant, ils sont déjà morts huit fois tes grands-parents, avec les grippes et les vagues de chaleur… mais maintenant que t'as pris conscience, maintenant qu'on t'a dit que c'était important, vas-y, fais le bon fifils à sa mémère… !

Nous, en France, dès janvier 2020, on a mis sur la liste

des substances vénéneuses et indisponibles en libre accès un de ces médicaments… celui qu'on connaissait le plus.

Puis le grand foutage de gueule est arrivé : la revue la plus sérieuse, la plus pointue scientifiquement parlant, la plus respectée a publié une étude sur son inefficacité et ses horribles effets secondaires. The Lancet. Hop ils en ont profité rapidement pour l'interdire, dans de nombreux pays, dont la France. Juste à temps parce que le lendemain, l'étude a été retirée, la revue s'est excusée, c'était bidon… Les pays ont regardé ailleurs : le médicament était toujours interdit. Quelques mois plus tard, la deuxième plus grande usine du monde de fabrication de ce même médicament explose, quelque part en Asie…

Y a pas que l'hydroxychloroquine… y a l'ivermectine, l'azithromycine, puis le zinc et la vitamine D (le soleil) aident pas mal, puis y a des plantes y paraît…

J'ai vu des vidéos de médecins généralistes qui chialaient : maman !! qu'est-ce qu'il se passe… on a des médicaments qui marchent, pourquoi les autorités ne disent pas aux gens de venir nous voiiiir ??

Non, on disait aux gens : restez chez vous ! Allez pas saturer les hôpitaux… Bon, si vous tombez par terre, là ok, faites le numéro du Samu… Genre, un peu tard, Balthazar…

Pis y a eu des scientifiques et avocats du monde entier qui se sont associés pour porter plainte pour crime contre l'humanité.

Tu vas croire que ça sert à quelque chose, ça, mais s'ils en parlent pas dans les médias, ça a pas de visibilité… Tu peux croire que y a une sauce qui commence à prendre, pis on te sort dans les médias que 89 % de la population voudra te tirer dessus si tu respectes pas le couvre-feu et le port du masque… Du coup ça te la fait redescendre, ça te la ramollit sec et tu te sens tout penaud… *Merde, je suis tout seul,* tu vas penser…

C'est pas dur de calmer les troupes, y a pas tellement besoin de convaincre à la source, ou d'être sur tous les coups, sur tous les démarrages de feux… un petit mensonge bien placé et t'es peinard pour l'été…

Et c'te matraquage continuel de tarés : 300 000 nouveaux cas en 72 heures ! D'un test qui détecte positif du Coca-Cola ou un fruit. Dont l'inventeur même, a avisé que ça servait à rien de l'utiliser comme les autorités le faisaient.

Vas-y, fous-moi un bâillon quand même, cache ce joli sourire que je ne saurais voir…

Un masque dont la boîte stipule, noir sur blanc : ne protège pas des coronavirus. C'est p't'êt pour le principe de précaution, m'enfin, dans les films ou même dans les vrais labos, les gars qui veulent se protéger des virus, ils ont pas le slip à mémère sur la tronche… c'est quoi ces conneries…
C'est des combinaisons et masques à gaz de niveau militaire qu'ils utilisent…

Nan mais j'arrête, vous allez croire que je suis conspirationniste… Moi je m'en fous, c'est pour ma mère que je dis ça… la pauvre… la honte va rejaillir sur elle…

Ouais, et donc, après avoir vu ça, moi j'ai participé à rien, par contre j'ai arrêté d'être sûr de tout ce que je croyais des choses que j'avais « apprises » des médias… j'ai été amené à penser que tout devait être le contraire… que les bons devaient être les méchants, les méchants les bons… Après le 11 septembre, j'ai su que y avait des choses pas claires, des mensonges, que rien ne les arrêtait… mais avec 2020 ça a pris une autre envergure… une envergure de ouf, comme on dit chez moi.

Et du coup, avec cette histoire de « gouvernement mondial » qui revenait encore et encore dans les discours de ceux qui voulaient nous alerter (des journalistes de terrain, écrivains, en passant par des politiques, des gars repentants ayant démissionné de leurs agences machiavéliques, jusqu'à des intuitifs qui entendaient des messages des « anges », ou lors de séances d'hypnose, des gars qui racontaient les conneries qu'ils avaient faites dans leurs vies passées en participant à cela, et qui le payaient cher avec leur mal-être présent…) ainsi que dans les discours des grandes élites hautaines qui en parlaient ouvertement, ça m'a fait comprendre des choses que j'avais pas comprises avant…

Par exemple, on avait été amené à croire que l'Europe (le début d'un truc plus mondial que les pays) c'était bien… on nous l'avait bien vendue depuis des décennies… Libre circulation, simplification de la monnaie, moins de chance de guerres et tout et tout… et je faisais les gros yeux dans ma tête à ceux qu'étaient contre… aux freineurs de progrès, aux dissidents qui foutaient le bordel… l'Irlande, le Brexit… puis la Catalogne, le Pays basque, la Corse… tout ça c'était des égoïstes trop fiers d'eux ou chépa quoi… Après j'ai pensé, si c'était pas eux qu'avaient raison… si c'étaient pas des résistants, des qui voulaient survivre, des qui voyaient le visage du monstre qui tentait de s'abattre sur eux, prendre leur terre, leur sang… S'agit pas d'approuver la violence, non non, mais la révolte, la contestation a pris un autre sens à mes yeux… Et c'est con, mais l'autre raison pour laquelle je voyais d'un mauvais œil leurs désirs de séparation (ou que même je la vois toujours), c'était que je sentais en moi une appartenance au mot « France »… je sais que c'est pas le truc le plus raffiné en moi, mais en tout cas c'est fort… c'est une petite famille quelque part, et quand t'es bien dans une famille, si ton père veut aller voir ailleurs, t'es pas content… J'me dis que l'identité de la France a été construite avec les bretons, qu'est-ce qu'on allait faire sans eux, lors des coupes du monde par exemple ? Tu parles d'une amputation ! moi j'dis qu'on peut négocier, être flexible dans tous les cas, j'te redonne pas mal de liberté, d'indépendance, tu continues d'appartenir à la France, et en tout cas, tu continues d'envoyer tes joueurs à l'équipe de foot…

Je sais je suis con…

Bon allez j'vais m'pieuter, ça fait quatre heures que je suis réveillé, je commence à délirer… Ces conneries complotistes… ça sert à rien de remuer le couteau… Au dodo !

3

Je dors, tu dors, ils dorment… Nous dormions… nous dormiiions à poings fermés.

Faut vous dire, j'ai les épaules toutes bleues.

C'est que, je passe mon temps à me jeter sur les murs… Pas parce que je deviens dingue, mais c'est une activité comme une autre… J'imagine différents trucs… que je suis dans un super concert et que je me tamponne aux autres foufous de la foule… ou que je sauve une belle fille en tamponnant un pickpocket avec mes super pouvoirs… j'élabore des scénarios… qui me voient toujours finir écrasé contre les murs, mais heureux.

C'est une interaction comme une autre, à défaut de gonzesse ou de baballes…

C'est de l'exercice aussi, mine de rien.

J'me suis perfectionné dans cet art… je peux faire des bonds de fou qui feraient penser que ma tête va exploser, mais j'amortis au dernier moment comme un léopard… assez pour protéger ma tête et pour pas me rompre une clavicule. J'ai l'impression que je reste suspendu contre le mur de plus en plus à chaque fois… genre plus d'une demi-seconde maintenant… vraiment bizarre.

Je pense que j'l'ai tout de même eu moins dur que d'autres. Moi j'ai pas d'enfants et j'ai toujours supporté assez bien la solitude, dans ma vie d'avant…
J'imagine pour certains, pour certaines familles… c'est inimaginable…
Ça m'empêche pas de péter les plombs à intervalle régulier, moi aussi. Mais avec des enfants dans ma vie, j'aurais pas tenu… Ou qui sait, l'espoir de les retrouver un jour…

De toute façon, j'vais vous dire la vérité, j'ai une peur bleue de la mort… mais bien bleue, un bleu outremer, un bleu violacé malintentionné… un bleu qui vire au rouge tellement il est intense… C'est surtout ça qui fait que je suis toujours là, j'vais pas vous raconter de conneries…
J'ai sérieusement envisagé de me la quitter, la vie… j'ai sérieusement approché la mort, fait face à elle, en prison… beh, c'est trop dur pour moi, elle est trop forte pour moi… ce truc, pour moi, c'est infranchissable… j'ai fait marche arrière fissa, comme un poltron, comme un gros lâche… Pour y aller, faudra pas me laisser le choix… Pour que j'y aille, faudra pas lésiner sur les moyens, faudra mettre le paquet… genre m'arracher la tête en même temps que me transpercer le cœur… si on hésite une seule seconde, j'trouverai un moyen de me défiler.

Une question que je me pose quand même : ils pensent quoi ceux qui sont dehors ? S'il y a, je sais pas, 10 ou 20 ou 30 pour cent de la population mondiale qu'a foutu le camp… ils savent où ils sont ? Laissez-moi deviner… ils ont dit à la télé que c'était une souche véreuse de la population, qu'ils les ont enfin découverts, et que c'était pas une décision facile mais ils ont pu les retirer de la société, sans violence, pour les faire vivre dans des camps aménagés et sympathiques. Que c'était à cause d'eux que le virus et plein de mensonges se propageaient tout le temps… Que maintenant qu'il y a plus que des bons sujets, la vie va aller bien.

Faudrait pas, moi non plus, que je participe à la « polarisation » de la société, comme ils ont dit… Comme j'disais, on est pas si différents, c'est sûr… Faut pas que je repousse mes ennemis, faut que je les écoute et faut essayer de les faire m'écouter… sans chercher à convaincre, sans être déçu de ne pas convaincre… sinon, c'est là que tu t'énerves et qu'ils s'énervent et que les camps se voient séparés encore plus… Moi j'en veux pas à ceux qui sont dehors… j'aurais très bien pu être dans l'autre camp… c'était une question de critères et de tolérance dans la sélection… J'suis pas passé, mais il s'en est peut-être fallu de peu… ça a peut-être pas tenu à grand-chose… juste un livre subversif de trop, une critique de trop, peut-être que j'ai utilisé un vocabulaire exagéré pour faire rire mon cousin… On peut pas dire que j'ai super essayé de changer les choses, à l'époque. Ai diffusé l'information que je croyais juste, oui, mais l'info elle venait pas de moi, elle était partout… Et je comprends bien qu'il faut certaines conditions spéciales pour pouvoir voir la supercherie, et surtout pour y croire… Même moi, MÊME MOI, quand je remettais mon nez dans la télé, mes convictions flanchaient… Tu peux pas voir des gens si sérieux, si intelligents, si puissants, l'OMS, les journalistes, CNN, tes ministres, et les ministres d'autres pays, tous prendre ça complètement au sérieux, et tu les vois être si préoccupés et avoir peur, et les chiffres officiels des institutions officielles de toujours, si alarmants… Moi à chaque fois, ça me faisait

flancher les genoux... En intraveineuse, tu peux pas résister, ça passe pas par ton estomac, tu peux pas digérer...
Nan... ils doivent avoir raison, merde...
Comment peut-il en être autrement ?

Et c'est juste à ce moment que se fait la différence... Je vais par là parce que tout le monde y va et que je mérite pas d'avoir mes propres mouvements ? Je vaux rien ? Je suis le troupeau parce qu'il doit avoir raison et que ça pourrait être dangereux d'être à la traine à cause du chien berger ? Ce que je sens au fond de moi je le respecte pas, je crache dessus parce qu'à la télé ils ont tous des cravates et des diplômes et que ça me fait frétiller la glotte ?

Ça aurait pu être bien de se poser ces questions, plus de questions, mais je sais que c'est dur... Pis, dans tes interrogations, tu regardes autour de toi et tu te dis que les choses sont pas affreuses... T'as un peu de sous, tu peux aller acheter tes provisions à l'épicerie du coin, la civilisation est au poil... puis ton gouvernement t'aide, y a la sécurité sociale, le RMI ou comment ça s'appelle... et plein de choses pour t'aider... alors comment ça c'est un gouvernement de l'ombre qui veut te soumettre ?
Bien sûr que je me suis posé la question... Et je pense que c'est la technique de la carotte et du bâton... On t'aide, on te fait espérer, et puis par derrière un p'tit coup sur les fesses... hop hop, avance !
La carotte et le bâton, la carotte et le bâton, et quand t'es arrivé là où ils veulent, ils ferment la porte.

Pour passer la porte, vu que ça fait toujours peur aux animaux, ils utilisent des gros évènements... une grosse merde qu'arrive, une grosse explosion que tu peux voir de chez toi, et ils organisent la propagande à la télé, ça te fout les chocottes, et là c'est plus le bâton, c'est un gros coup de pied au cul qui te fait faire un bond de 500 mètres, fous-toi là toi, et plus vite que ça… ! ferme ta gueule, rentre là, y a plus l'temps d'penser !

Ça va, ça va, poussez pas ! J'voudrais penser par rapport au fait que y a 15 ans vous nous aviez fait le coup aussi… avec un virus qu'a fait 100 morts en France au final, et la ministre avait quand même acheté 90 millions de doses de vaccin… c'était quoi… le H1N1 ? la grippe aviaire ? Ils l'avaient direct déclarée pandémie, mais la mayonnaise avait pas trop prise. Pour qu'elle monte la mayonnaise, le rythme dans l'apport des ingrédients est un élément crucial… si tu fous tout d'un coup ensemble et que tu remues, il se passe rien. Tout reste séparé.

Ils ont appris leur leçon.

Moi j'ai l'impression que ça leur fait plaisir de nous injecter… Injecter la peur, injecter le venin, injecter leur dose, injecter leur plan, injecter leur semence par n'importe quel trou et crever notre peau, crever nos limites, crever notre périmètre… nous rompre et nous briser, la mort par la peur… Et plus de la moitié des fois, au moins, en étant généreux, c'est des inside jobs, du sabotage, des coups montés, ce qui déclenche les mesures. Tu imagines, si presque tout ce qui te fait peur, presque tout ce qui te limite autant, et presque tout ce qui t'écœure dans la vie, ce serait ton gouvernement (mondial) qui en est responsable ? Lui qui l'a cherché, provoqué, voulu ?

Sans eux, on serait peut-être encore aujourd'hui à fumer des clopes dans les avions avec des armes en plastique sur les genoux de nos enfants… Bon, la clope, c'est pas le meilleur exemple, ça emmerde tout le monde, mais vous voyez le genre… décontractés du gland… Tranquilous du g'nou.

Et même si c'est pas des inside jobs, les terroristes y sont énervés pourquoi ? Ce serait-y pas qu'on leur a volé des p'tites choses ? Et c'est qui qu'a fait ça ? Et toutes ces

guerres récentes… tu crois que y avait des raisons valables ? Et pourquoi tu crois que tant de gens ne sont pas heureux dans leurs pays et qu'ils choisissent d'en changer ? Tu sais le bordel que ces enflures induisent partout ? Ouais, je suis sûr que t'as pas idée, on t'a pas prévenu…
J'te jure que sans eux, ce serait pas si dégueulasse la vie… J'en mettrais ma main à couper.

Ça se saurait si c'était vrai… qu'on me disait, quand je parlais de tout ça. Mais ça se sait, ça se sait ! et tu leur montres la photo du père Noël le froc au plancher avec le gars accroupi en face… et y te disent… c'est Photoshop ! Alors tu leur montres le négatif de la photo et la vidéo de la caméra de surveillance et y te disent, mais t'es con, c'est papa Noël qu'a eu un problème de ceinture, ça a même fait tomber son pantalon, et y a un gars qui passait par là qui l'a bien évidemment aidé… qui n'aiderait pas le père Noël, tout le monde l'adore… ! et c'est ça que tu vois, le gars, certes un peu maigre… mais c'est pas un crime d'être maigre, HO !… le gars il regarde de près ce qu'y s'passe avec la ceinture… t'as vraiment l'esprit tordu !!
Mais… là, on dirait bien que y a un truc qui sort du père Noël et qui termine dans la bouche du gars, non ? Ce serait quoi, ça, alors ? Ah noooon… ça c'est le reflet de la vitrine de derrière… avec toutes les décorations de Noël, et avec le soleil qui donne en plein dedans, c'est vrai que ça donnerait à mal interprétation… hahaha, elle est bonne celle-là… t'imagines le père Noël se faire tailler une petite pipe en pleine rue ? Hahahah…

Ouais moi j'imagine bien. C'est ça qu'est triste. Pis j'imagine aussi que t'auras double ration de cadeaux à Noël c'te fois-ci, enfoiré !

Depuis des siècles, ils ont bien étudié c'était comment qu'on fait pour contrôler les masses… Tu sais la psychologie de la tromperie, la stratégie du choc, la fabrique du consentement, diviser pour mieux régner et tous ces trucs. Naomi Klein, Noam Chomsky et chépa qui d'autre, Yannick Noah peut-être… ont essayé d'en parler un peu… Comment qu'on fait pour leur faire faire ce qu'on veut… Comment qu'on fait pour leur mettre une cigarette dans la bouche à tous… Comment mettre dans les mains de tous une bouteille de Coca… C'est dur, faut étudier pour vendre tes trucs aux quatre coins de la planète… surtout quand c'est un peu dégueulasse et toxique… je parle pas du Coca, mais comment ils ont fait avec la cigarette ? Ça a drôlement baissé, mais au début y en avait pas beaucoup qui fumaient pas… ! Et cette fois-ci, jackpot ! Le marketing du siècle ! Encore plus que Disney, Coca-Cola et Marlboro réunis, et en quelques mois seulement, ils ont réussi à toucher la vie des gens de… je sais pas, 98 % de la population mondiale ! C'est hallucinant… un travail d'orfèvre… Le masque chirurgical, grand gagnant de la campagne publicitaire du millénaire, devant Coco Channel et Michael Jackson.

Tu te baladais dans les rues de n'importe quel pays, dans n'importe quelle petite bourgade toute reculée, dans des cultures si différentes, avec des manières de penser si différentes… et TOUT LE MONDE avait un masque…

C'est vraiment trop fort.

Mais ils ont bien étudié comment lancer une chose pour que ça atteigne le dernier des pecnots, sans résistance, sans barrage… Faut lancer ça fort, pour commencer… faut avoir préparé le terrain subtilement, subrepticement… faut soudoyer les gardiens… faut graisser les directeurs… faut détruire sans faire exprès quelques barrages… et là ça peut couler, couler… et quand ça t'arrive, ce flot, avec une telle force dans ta tronche, comment tu vas croire que ça a été monté ? comment tu vas croire que c'est pas vrai ? Tu nages dans le courant, t'amènes tes petits canards en plastique jaunes, t'es content, tu barbottes dans l'eau, y en a partout, t'as des trucs à raconter…

Et tout le monde joue avec ses canards… comment tu vas penser que tout le monde se trompe ? c'est fini, c'est pesé et emballé, les carottes sont cuites, les mouches ont changé d'âne pour de bon…

Y a d'la patte qu'a été graissée, c'est sûr, à la douzaine, en catimini et en jupette… mais ça marche pas à tous les coups, faut pas croire… un peu de confiance en l'humanité, diantre ! Y en a sûrement beaucoup qui mangent pas de ce pain-là… mais comme tu sais où ils habitent et qu'ils ont des enfants, pfff… c'est pas dur. La carotte ou le bâton, y a toujours un truc qui marche. Un bazooka par derrière, une Cadillac par devant, allez roulez jeunesse ! Une maison à Saint-Trop !

Comme j'disais, ils ont des moyens de fou… ça fait des lustres qu'ils possèdent les médias, qu'ils ont des agents et des patrons dans tous les pays… ils mettent en place des présidents, des généraux, des maréchaux… ils sont les créateurs mêmes de l'argent sur Terre… ils contrôlent absolument tout au sommet, là où tu sais même pas que y avait un sommet… et de là, quand ils lâchent une petite bille, ça fait un cratère sur terre… Oh chouette, on va attendre la pluie, ça fera une petite piscine… Tiens, j'vais y mettre mes petits canards de suite, ça sera ça de fait.

Vous pouvez croire ça ou pas… Moi, … même si j'y ai cru, je suis en prison… c'est trop tard et ça a rien changé.

Si j'avais su, c'est vrai que j'aurais un peu plus pensé à aller foutre le bordel… à ruer dans les brancards… Mais c'est facile, avec le recul. Une fois que tu sais que t'as tout perdu...

J'aimais bien ma vie d'avant, moi, malgré tout... et j'avais pas envie de perdre mon iMac et ma petite boulangerie du coin... avec ses pains au chocolat dégoulinant de beurre... j't'en mangeais deux le matin et deux au dessert du midi, avec un ou deux expressos Lavazza... Mortel ! Tu peux pas savoir comme ça me manque.
Trop dur d'imaginer ces vieux sachets de thé passer pour du café.
Ça me rappelle mes grands-parents, et ceux de la guerre, qui n'avaient pas de café, ils m'avaient raconté... C'est quoi qu'ils utilisaient pour remplacer ? De la chicorée ? Je sais plus...
C'est comme en quarante j'vous dis ! Sauf que là c'est en quarantaine.

J'avoue que je suis pas sûr de ce qu'ils avaient exactement comme infos les gens qui regardaient que la télé, ou n'écoutaient que la radio... j'ai une zone de flou... En fait, peut-être ils savaient rien du tout... si ça se trouve y a même pas la plus riquiqui zone d'ombre au tableau qui est passée... Je mélange, parce que moi, à l'époque, c'est pas du tout avec ça que je m'informais... et je regardais quand même de temps en temps, 20 secondes par jour pour voir où ça en était, pour constater les dégâts.

C'est vrai que pour regarder un documentaire critique de deux heures, t'allais voir les commentaires d'abord, pour voir si ça valait le coup... Ça faisait longtemps déjà qu'ils nous avaient prévenus qu'il fallait se méfier de ceux qui critiquaient les choses officielles... Et alors tu tombais sur les fameux vrais faux debunkers, les grands FactChecker et autres CheckNews, appartenant aux mêmes consortiums, et tu tombais sur le mot « complotisme » et tu te donnais pas la peine… Tous les titres des premières pages du web, incluant celles des grands journaux et des grands magazines nationaux, te mettaient un grand panneau avertisseur bien voyant, jaune ou rouge : documentaire complotiste ! J'avais été voir, pour voir quels gros mensonges ils avaient racontés, quelles grosses erreurs avaient faites ces réalisateurs de documentaires sulfureux sensationnalistes qui semblaient pourtant soulever des questions extrêmement pertinentes… Loin de moi d'avoir tout lu, mais j'y ai vu des choses tout à fait vraies sur ces sites… Par exemple, dans un documentaire ils disaient que la France était le seul pays au monde à avoir interdit l'hydroxychloroquine… Or, un de ces sites relevait que ce n'était pas VRAI ! En effet, il y eut cinq autres pays dans ce cas sur la planète… Ok. Question : tu crois qu'elles font le poids tes petites réserves de sainte nitouche face à un PUTAIN DE GÉNOCIDE ET UNE PUTAIN DE DICTATURE QU'ILS ESSAYENT DE DÉNONCER, EN FACE… ??!! Tu cherches à noyer le poisson ou quoi ?? Tu cherches à nous noyer dans des fautes de grammaire ? Pendant qu'on se fait violer, tu vas nous mettre Mickey Mouse à la télé ? Putain vous valez votre pesant d'or, les gars, vous avez le sens de la bascule, le don de la balance, la pondération sur le bout des lèvres… vous faites bien la part des choses !

Ouais, la plupart de leurs grosses accusations, c'était : corrélations infondées, conclusions poussives, réactions hâtives, lien causal peu clair… C'est ça, le problème, personne faisait le rapprochement, personne voyait le panorama complet, personne voyait ce qu'il se passait…

Je sais même pas par exemple, si ça avait filtré à la télé que y avait une grosse exagération des chiffres… que y en avait des tas qui sortaient de l'hôpital avec le certificat de décès de leur père, mort d'un long cancer à l'âge de 109 ans, et qui s'arrêtaient entre l'hôpital et leur voiture pour relire plus attentivement la note : mort du covid. *Ah ben elle est bonne celle-là…* Et ça le faisait à tout le monde. Comme quoi il aurait toussé juste avant de trépasser !

Et même avec des chiffres gonflés comme des crapauds pour impressionner leurs adversaires, c'est-à-dire, mettons, je sais plus, 60 000 morts en 2020, ça, ça fait quoi… règle de trois, je pose un je retiens deux… pour 67 millions d'habitants, on est dans les 0,089 de taux de mortalité… Je suis sûr que tu pourrais diviser ce chiffre de moitié, haut la main, un doigt dans le nez, pour être plus proche de la réalité. Suicide ? oui, mais regardez cher collègue, on peut noter une certaine rougeur sur la partie nasale extérieure du client… on met covid ?

Accident de la route, le conducteur a éternué et n'a pas vu le camion qui éternuait aussi au même moment, venir en face… Covid, non ? À donf ! Pis faudra prévenir qu'apparemment la contagion est instantanée et qu'elle passe de cabine à cabine !

Je sais pas s'ils en avaient parlé à la télé, mais plus tu déclarais de covid, plus on te filait de subventions… Si c'est pas d'l'incitation à la gonflette, ça…

Donc… si on en est à du 0,04 de taux de mortalité et qu'on peut croire un article que j'avais lu sur le site du Figaro qui disait que plus de la moitié des décès étaient des gens âgés de plus de 85 ans et qu'on sait que l'espérance de vie en France a une moyenne de 82 ans… ça fait cher l'addition, non ? il est salé le pâté… !

Quand on disait ça, à la télé, par le complotiste de service, ou l'avocat du diable du jour, ils te disaient : COMMENT OSEZ-VOUS ? ÇA VOUS FAIT RIEN DE

LAISSER DES PERSONNES ÂGÉES CREVER TOUTES SEULES ???

Ah non mais, c'est pas moi qui les laisse mourir, y a des médicaments qui marchent que vous voulez pas utiliser... puis c'est vous qui avez dit que faut les laisser seules, voyez... Ne renversez pas les rôles cher ami... cher collègue... VOUS avez choisi cela : qu'elles meurent, et qu'elles meurent seules... vous avez juste profité de cette excuse pour provoquer, en cerise sur le gâteau, comme on dit chez moi, l'effondrement total de l'économie planétaire, l'interdiction de sortir de chez soi, fermeture des théâtres, des musées, des librairies, des concerts, des écoles et universités, interdiction de faire du sport, augmentation des décès pour manque de soins, pour suicide, pour meurtre domestique... explosion des violences conjugales, internement psychiatrique des enfants qui deviennent fous, le monde qui meurt d'ennui et de peur, un monde dégouté et passif, ruiné, gâché, piétiné, sclérosé et gangréné jusqu'à la moelle pour sa génération et les trois générations suivantes enflure de ta race... !

Là le pourcentage de morts il va dépasser les zéro virgule zéro, je te le dis tout de suite...

Et même si tu peux pas croire qu'y a des médocs qui marchent, t'as pensé à ce qui booste les défenses de ton corps ? ils en parlaient tous les jours à la télé je parie !!! C'était un grand souci pour eux... !

Ce qui booste ton système c'est la joie... l'amusement... aimer la vie... bouger, remuer son corps, s'exposer au soleil, à la lune, aux étoiles, vivre au contact des gens, des plantes et des animaux... Si tu sautes de contentement, ton système immunitaire il fait pareil bon sang ! T'es plein d'énergie ! Au contraire de gars flippés, qui chient dans leur froc, recroquevillés sur eux-mêmes en s'emmerdant comme des rats morts… immunodépressifs, fatigués chroniques, sous cachetons, angoissés, insomniaques et qui vont déverser toute leur colère sur toi parce que tu portes pas de masque et que tout cela c'est de ta faute…!!

oooh doux Jésus Marie Joseph… Seigneur Dieu… sauvez-nous de nos péchés, délivrez-nous du mal parce que j'ai péché… j'ai pêché un gros saumon tout rose et il avait une bite d'ours dans la bouche, je sais pas ce qu'il se passe avec ce monde…
Papa Noël, quand descendras-tu du ciel ? avec tes jouets… tes jouets par milliers…
N'oublie pas…
N'oublie pas… mes petits souliers…
… Ah-breuve… nos sillons !

Merde, j'ai mélangé les chansons… J'ai confondu…
Allez, j'vais pioncer un coup. À la revoyure !

4

6 mois sont passés les gars, depuis la dernière fois qu'j'vous ai parlé... C'qui s'est passé, c'est qu'ils ont amené dans ma cellule une cannette de jus de légumes périmée. J'l'ai bue y a pas de problème... Puis ça m'a fait un jouet... J'ai fait du foot avec et plein de trucs... J'm'en suis servi de microphone une fois, j'ai fait un duo avec Elton John, c'était magique. À la fin, la cannette, elle a terminé complètement aplatie... et de là je l'ai déchirée en deux et après j'ai picoté mon ventre avec, sans penser à rien et sans rien sentir... C'est vrai que y a eu plus de sang que je pensais... C'est tranchant comme matériel ce truc... Je me suis donné un coup dans la joue pour finir. Ils ont vu ça avec leur caméra et ils ont envoyé le gaz par l'ouverture du bas... Ça nous endort tout de suite... Quand j'ai ouvert un œil, j'étais toujours dans ma cellule... J'avais un t-shirt nouveau... Et quand je l'ai soulevé, y avait des croûtes sèches... c'était la phase où elles commencent à te gratter, que t'as envie de les

arracher… Ils avaient cousu, y avait les traces des fils sur les croûtes. C'qui s'passe, c'est qu'ils t'emmènent endormi de ta cellule et s'ils te soignent, ils te maintiennent endormi, genre dans le coma, tout le temps que t'es pas dans ta cellule…

Ils sont obsédés avec le *pas savoir où t'es*, avec le *aucune interaction*… comme si ça allait faire une différence… Crétins…

Après ça, j'ai été déprimé un bon moment… Plus goût à rien… Plus envie de vous parler…

Pis je me suis souvenu d'une chanson que ça faisait longtemps que j'l'avais pas entendue dans ma tête… Avant même la prison, je crois. *Wish you were here*. Encore ce bon vieux Gilmour et ce bon vieux Waters. J'me souviens plus de toutes les paroles, et j'en ai inventé, suivant mon humeur… Et ça, ça m'a fait retravailler ma vie intérieure… Ça m'a tiré d'affaire, comme on dit… Pour un temps.

J'te mettais des paroles en français, j'te mettais des paroles en anglais…

Les pieds en l'air.

Une fois habitué, tu peux rester longtemps comme ça, ça arrête de te tirailler la gueule comme avant…

Et donc tu crois… tu crois que tu peux faire la différence entre l'enfer et le paradis ? Entre des cieux bleus et la douleur ? Tu crois que tu peux voir la différence entre un rail d'acier et un beau champ vert ? Entre un sourire et un masque ? Tu crois que tu sais ça ? Et t'ont-ils fait échanger de force tes héros contre des fantômes ? Accepter de la cendre contre des arbres ? Fait échanger ton rôle de figurant dans la guerre pour celui d'un héros dans une cage ?

On est des âmes perdues nageant en rond dans un aquarium… Années après années après années… En courant sur la même terre usée, qu'a-t-on trouvé ? les mêmes vieilles peurs… Comme j'aimerais que tu sois là…

Un moment, ça a donné :
On est juste deux cachalots échoués sur le tarmac, sauf que je te vois jamais, bon sang où es-tu donc ? Je peux sentir ton eau de Cologne, mais toi tu es caché, autant d'années à se prendre pour des cracs, maintenant on est couché, on a la tête en bas, ainsi on peut protester, de notre chant silencieux, on sait pas c'qu'on a glandé, c'est fini de faire les marioles… mes pensées au vitriol, on est des oiseaux mazoutés, remplis de pétrole, pour toute l'éternité, oh t'es vraiment une enflure, un jour tu vas payer, ton gouvernement noir, franchement il pue des pieds…

Un des gars de ce « gouvernement noir », un des plus fameux, a dit un jour un truc du genre : « si je devais me réincarner, je voudrais me réincarner en virus mortel, pour mettre fin au problème de la surpopulation… »

Et c'est marrant, ça, quand t'y penses… Je sais pas si ce gars croyait vraiment à la réincarnation, mais avec ce concept, le panorama devient absurde… Si le plan s'étale sur des générations, t'imagines ? tu te retrouves de l'autre côté de la barrière au coup suivant… victime de ta propre insanité. Ils avaient pas prévu ça…
J'avais lu des récits de gens parlant sous hypnose, c'était pas banal… ils se mordaient les doigts de leurs agissements, leur mission sacrée dans la vie c'était présentement de se faire pardonner, à en chialer jour et nuit… C'était inconscient, mais ils étaient complètement perdus, vagabondant dans l'espoir d'une petite connexion avec n'importe qui, se sentant rejetés et complètement à côté de la plaque…
Bon, j'vais laisser les trucs métaphysiques, sinon on est

pas sorti de l'auberge…

Ouais, j'voudrais récapituler, là… par rapport au fait que y en a qui disaient que fallait pas se plaindre de la situation, pas se plaindre si la police les matraquait, s'ils étaient fâchés avec leur gouvernement, que c'est aux urnes qu'on doit se faire entendre, que c'est là que la démocratie se passe.
Faux !
On a dû trop te mettre les bisounours à la télé quand t'étais petit, parce que la supercherie, elle commence biieeeeen avant ça… Quand toi t'es encore en pyjama, les gars ils ont déjà les noms des trois prochains présidents… Comment c'est possible ? Ben cherche un peu Max ! Tu crois qu'ils sortent d'où les présidentiables ? Tu crois que c'est parce qu'on te donne le « choix » entre deux boudins, le boudin blanc et le boudin noir, avec une petite saucisse de Morteau en prime pour agrémenter joliment, que t'es LIBRE, que t'es maître de ton destin ? C'est comme aller dans un supermarché en Union soviétique, t'as sûrement le choix entre plein de biscuits différents, des salés, des sucrés, des au beurre, des aux graines de sésame, fourrés chocolat… Pis la caissière elle a les seins à moitié à l'air et elle te file son numéro de téléphone en se passant la langue sur les lèvres… Et avant de sortir, pourquoi t'irais pas voir le rayon librairie qu'ils ont, voir quelle lecture te tente… comme tu vas pouvoir élargir l'horizon de ta pensée profonde, ouvrir les possibilités de tes pensées secrètes…
J'dis pas que tu peux pas mettre qui tu veux aux premiers tours… 0,5 ou 1 % des voix, c'est pas ça qui va fâcher, non… mais pour être dans la cour des grands, crois-moi qu'il faut qu'ils te connaissent et qu'ils t'aient farci aux choux dès ton plus jeune âge… Après, c'est un coup bonnet blanc et un coup blanc bonnet, on y voit que du feu… ils viennent tous de la même portée, élevés à l'hormone de

croissance, azimutés de supériorité toute stérile, ils sont passés par les mêmes bizutages et les mêmes sciences popo… Ouais, si t'as pas fait popo, laisse tomber…

Les popos ou les nanarques… les énarqumènes… les grands monarques industriels, plus un poil d'humain sur la caboche.

Y en a même p't'être qu'ont fait des trucs « bien », j'dis pas, une fois président… Tu peux pas ébouillanter… si, tu peux ébouillanter un homard, une fois… et tu peux ébouillanter mille fois un homard… mais tu peux pas… tu peux pas ébouillanter mille fois mille homards… tu vois… C'est Sam Karmann qui le disait très bien…

Ouais, elle est là l'origine de l'illusion de démocratie. Les dés sont pipés, les pantalons baissés, les jeux sont faits, rien ne va plus…

Macron, il est sorti d'où ? On te me l'a propulsé vite fait bien fait en deux coups de cuillère à pot… J'te passe partout dans les médias, j'ai des beaux discours, une gueule sympa, j'te fais mille promesses que jamais je tiendrai… J'te sors un sondage bidon pour que tout le monde voie que tout le monde pense que t'es crédible et apprécié… c'est l'histoire de toujours… Après, je sais pas si on a vraiment voté pour lui ou pas, mais vous l'savez, avec la propagande, tu peux convaincre n'importe qui… et puis pour être bien sûr, l'autre solution c'est le p'tit doigt vaseliné bien placé qui déclenche le coucou bien à l'heure, il en faut pas plus… Si l'institut « indépendant » du comptage des votes dit que c'est Macron, c'est Macron !

Institut qui est surveillé par un autre institut, encore plus indépendant…

Comme ça, on s'fait pas rouler.

Comme ça, on peut dormir tranquille.

Tu peux mettre des bons citoyens pour surveiller tous les

bureaux de vote que tu veux, c'est pas le seul endroit qui pourrait être truqué… C'est même le plus compliqué et le plus voyant, pourquoi ils se feraient chier là… Après ça, les trucs, t'y as pas accès… Laisse faire les grands et crois-les sur parole.

Le p'tit gars, frais comme un gardon, né de la dernière pluie, qui commencerait à être bien populaire, bien influant, et qui met un pied dans l'arène politique, le pauvre, il se prend sur la gueule un cinglant coup de cravache qui le laisse allongé par terre le visage en sang en train de compter les étoiles toute la nuit… On le reprendra plus de sitôt.

Nan, y a pas de place… Va t'essayer à l'aquarelle si tu t'emmerdes, mais t'attaque pas à du gros comme ça…

L'aquarelle c'est quand même ce qu'il y a de mieux… Petit format, pas de vapeur toxique, tout à l'eau… Ouais je recommande… Après, si t'es vraiment une teigne, tu peux essayer de diffuser tes idées politiques par internet, mais là aussi, c'est plombé de partout, on supprime vidéos et comptes à tout va, j'te censure comiques, journalistes, présidents des États-Unis, circulez y a rien à voir c'est nous qu'on commande…

Il restait quoi ? Manifester dans la rue ? Ils te foutaient des casseurs bien de chez eux, avec deux drapeaux néo-nazis probablement, et c'est tout ce dont les médias parleraient…

C'est bien connu, les pas contents c'est toujours des « néo-nazis »…

On pouvait plus rien faire… Y avait même plus de travail, on s'est tous reconvertis en maçon à construire des prisons qu'on savait même pas que ça allait être pour nous… C'était un beau projet, financé par des philanthropes en culottes courtes, qui allait donner un toit à tous les réfugiés du monde, à tous les sans-emplois à la rue, à tous les naturopathes reconvertis dans le droit chemin.

J'extrapole. Je sais pas comment ça a pu arriver.

Peut-être ils ont dit que ce seraient les nouveaux hôpitaux… super grands, super partout, avec billards et baby-foot à tous les étages, pour qu'on soit tranquilles au prochain coup.

Bon, c'est pas que je m'ennuie, mais…
À demain !

5

C'est juste avant mon blackout et ma venue ici que je venais de réaliser que si ça se trouve il faudrait reconsidérer toute l'Histoire d'un œil un peu plus méfiant. Ça s'appelle comment, ça ? Ah ouais, révisionniste… une autre saloperie contre ceux qu'ont encore un peu de sagacité dans le cerveau…
Après ils vont te lancer au visage : penseur... bouh, penseur, va ! Indépendant ! Incorruptible ! Pacifiste ! Anticolonialiste ! Espèce d'humain ! T'as pas honte d'être humain ! Va te cacher, toi, avec ta sale face toute lisse, tes grains de beauté et les poils sur ton visage ! Ton fils, il a des dents de lait ! Tu tues des plantes pour te nourrir, assassin ! Mangeur de fruits ! Alpiniste !

Ouais, ils avaient montré une ascension sans oxygène sur le K2 et les gars avaient planté un drapeau néo-nazi au sommet, en souriant… Des tarés. Ça a discrédité la profession et le hobby pour toute une génération… C'est vrai que c'était une doctrine assez tentante, ça passait bien,

ça attirait pas mal les foules, fallait y faire attention, tout le monde pouvait basculer si on y prenait pas garde…
 Ouais, j'me tente, cuisine asiatique, ou néo-nazisme… ?
 Les deux ont leurs points forts… j'hésite pour la « cuisine » qui est assez mal vue… Oh je sais pas… p'têt les deux… si ma maman peut me les payer…

 Néo-nazi ? Putain, c'est çui qui dit qu'y est !

 Hé, j'dis pas, y avait sûrement aussi de vrais néo-nazis dans certaines manifestations… peut-être bien que c'était un mouvement qui gagnait en force et que c'était préoccupant… j'y connais que dalle. Mais là, je parle juste de l'injure facile et de l'épouvantail à deux balles, de l'amalgame dentaire pour te planter les crocs à la jugulaire et plus jamais te lâcher… Et ça c'est sûr, ils en ont utilisé plus souvent qu'à leur tour… Avec ça ou avec autre chose…
 Ils te faisaient peur avec des gens qui avaient la critique facile, avec deux sectes qui menaçaient les revenus de l'épicerie du coin, avec des mouvements de quelques barjos qui représentaient 0,0006 % de la jeunesse, avec des mouvements identitaires, des gens qui perdaient leur identité, qui se faisaient aspirer la moelle, vider l'occiput : Excusez-moi de vous déranger, vous être en train de me marcher sur le pied… Pouvez-vous s'il vous plaît retirer de mon pubis le pneu droit de votre voiture que vous venez de fait rouler malencontreusement sur mon bassin alors que j'étais en train de faire un pique-nique en famille et que je vous ai pas vu arriver ? Notez bien que je ne dis pas que vous l'avez fait exprès ni rien, et je ne considère pas une seule seconde la Terre plate comme une possibilité, je vous demande juste poliment si c'est pas trop vous demander, de tenter assez rapidement une petite marche arrière, voir s'il est encore temps de sauver certains de mes organes qui, je le sens, ont tous envie de démissionner…

Ils te tenaient par la nuque comme on arrache un chaton du sol et t'écraisaient le nez contre une petite coccinelle que t'avais failli écraser en marchant… ils t'hurlaient dessus pendant que derrière y avait trois cents bulldozers qui rasaient la forêt tropicale… Et toi t'avais le nez au sol et t'avais les joues rouges de honte… t'avais été négligent, tu t'en voulais d'avoir failli tuer un joli petit insecte… on te criait dessus, tu voulais même pas redresser la tête…

Ils t'agitaient le « populisme » comme preuve de la dégénérescence démocratique et de la folie mentale des peuples… Une raison de plus de ne plus les écouter (les peuples)… Je savais pas ce que ça voulait dire, mais ça avait une connotation qui puait un peu l'œuf… J'ai voulu en savoir plus… J'ai éclaté de rire à lire sa définition… C'était genre : « mouvement du peuple qui se méfie des hommes politiques et de l'élite technocratique… » Ok… c'est quoi le problème ? Sauf si bien sûr on ne fait qu'entendre tout le temps l'opinion de ces vieux oligarques, ça expliquerait le populisme beurk, les théories du complot beurk, la liberté dans les terroirs beurk, la liberté beurk, la liberté beurk… PAS DE LIBERTÉ !! TROP DE MENACES DANS LE MONDE !!
RENTREZ CHEZ VOUS, ON VOUS DIRA QUOI FAIRE ET QUOI PAS FAIRE !
Euuuuuuuuuhhh… ils, eux là, ils étaient pas là pour… nous ? C'était pas l'un d'entre nous qu'on avait désignés à notre tête ? Et il se sent plus péter maintenant… Ah la vache, l'un-d'entre-nous, ce qu'il est devenu… !

Une putain d'oligarchie mother fucker… !

Tout ce que je dis, c'est qu'à la prochaine guerre où ils veulent t'emmener, vérifie les infos quand même, vérifie les sources, comme ils aimaient à dire…

C'est quoi tes *sources* ?
Un homme politique a dit un mensonge ?? Mais c'est incroyable comme on peut dire des trucs pareils à notre époque !! Quelles sont tes *sources* ?

Donc j'vous conseille de faire pareil, vérifiez leurs sources… Et même s'ils peuvent te sortir un lapin de n'importe quel chapeau, t'inventer n'importe quelles preuves parce qu'ils possèdent l'institut même qui fabrique les preuves, parfois ils se mélangent les pinceaux et pondent une couleur qui va pas. Quand tu vois un soleil vert, c'est qu'ils ont déconné…
Faut tenter.

Chanson : *Mon beau lapin, roi des forêts…*
Mon beau lapin,
Roi des radins
Que j'aime ta pourriture.
Quand par l'hiver
Bois et guérets
Sont dépouillés
De tous leurs blés
Mon beau lapin,
Roi des radins
Tu gardes ta parure.

Toi que Noël
Amena chez nous
Au saint anniversaire
Joli lapin,
Comme ils sont doux
Et tes bonbons
Et tes joujoux

Toi que Noël
Amena chez nous
Comme un espion
Tout est bidon
Ma sale enflure
Tu nous tortures
Tu nous tortures
Mon beau lapin

    Ça me fait passer le temps pas mal, les chansons… Mon gros problème c'est que je m'en rappelle pas de beaucoup, et des complètes encore moins… C'est presque si je prie certains matins… S'il te plaît papounet Dieu, fais-moi me souvenir de ces paroles-là, que je puisse chanter à pleins poumons et m'enivrer de ce procédé vibratoire hypnotisant…

    J'ai très souvent dans la tête la chanson totalement incomplète et que j'avais pas entendue depuis très longtemps, et même, pour te dire, j'avais complètement oublié qu'elle existait, si ça a un sens de dire ça… la chanson *Locataire* de Jean-Louis Aubert. Je sais pas par où elle m'est arrivée dessus… c'est un mystère… elle est tombée d'un neurone caché pour atterrir sur l'autoroute nerveuse en dessous du pont…
    Je me rappelle que je trouvais le rythme stupéfiant, avec des congas… ou chépa quoi c'était les percussions ethniques de la chanson…

    Tu peux rire, tu peux pleurer… tout casser de l'autre côté…

Je sais qu'on va rire
Je sais qu'on va pleurer
Je sais qu'il faudra moins… l'abîmer…

... *de ce grand caillou vert... Loca-Terre...*

Oui, je peux mettre aussi d'autres paroles dessus, vous me connaissez... mais moi ce que je voudrais, c'est retrouver pile poil le sens de la chanson, la magie exacte de la chanson, pas mettre mes conneries à moi... y a que moi ici, j'ai besoin d'autre chose, p'tain...

L'autre, que je donnerais cinq litres de sang pour avoir toutes les paroles, c'est... La rage, de Keny Arkana...

Je me souviens d'un tiers des phrases peut-être...

Elle parlait de richesse et de pauvreté, de ciment et de nature, de pas croire ce qu'on dit à la télé, de réapprendre les savoirs ancestraux, de délaisser notre déguisement de colonialiste... Parlait d'altermondialistes, de révoltés...
Putain, y avait tout dans cette chanson et le riff de guitare il m'arrachait des larmes.

Ouais, c'est pour ça que vous m'avez vu souvent délirer en tournant en rond dans ma cage les bras levés, en scandant :
KE-NY PRÉSIDENTE, KE-NY PRÉSIDENTE, et je faisais le bruit avec ma bouche d'une foule en délire...
C'est pour ça la vie d'ma mère je l'aime bien, c'est ça qu'on a envie d'entendre.

J'imagine dans mes délires qu'elle est élue... Je sais, politique, c'est un métier, mais t'as des conseillers, le truc c'est la direction, c'est ça l'important... et alors j'imagine comment c'est avec elle à notre tête, j'imagine comme on leur a botté le cul, comme on les a repoussés là d'où ils sont venus, en enfer. Avec une carotte et un bâton, hue-làààà, hue-làààà, on les a ramenés à la niche, on leur a fait une piqûre d'opium, ils ont fait des beaux rêves…

Et comment c'était beau le monde après ça… Des fois j'm y crois vraiment, je l'imagine, je le sens, et je passe des heures à pleurer, les yeux fermés, à imaginer… J'me prends à rêver de choses simples, refaire les moissons entre voisins avec des enfants qui courent partout, l'odeur de la paille, de l'herbe coupée en plein été, à siroter du Moscatel en regardant les insectes danser dans la lumière du soleil couchant, j'imagine les gens beaux, habillés de coton qui laisse respirer leur corps, et à travers leurs habits tu peux voir la lumière de leur cœur, je te jure, ça a une lumière ça, et y a pas de limite aux possibilités et à la pure joie que tu peux sentir d'être vivant… c'est ça que tu veux, c'est cette joie, mais elle est innée, elle est pas compliquée, c'est juste qu'on nous l'a volée, ils ont tout remué comme des tarés, comme avec un bâton plongé dans la fourmilière planétaire, foutu des lois et du ciment partout, nous ont raconté des conneries dès la maternelle, ostracisé, monté les uns contre les autres, crées des faux problèmes tout le temps, tout corrompu, tout saboté, tout avili, tout réduit, tout paniqué, tout insulté… mais là, putain… LÀ, TU LE VOIS, TU LE VOIS LEUR COUP FOIREUX !! IL TE FAUT QUOI DE PLUS NOM DE DIEU ???

C'est cousu de fil blanc leur truc, me dis pas qu'on est sûr de rien !

Bien sûr qu'on est sûr ! Tout le monde est d'accord sur plein de trucs !

Tout le monde est d'accord : y a pas longtemps du tout, un putain de président, la grande BUSH à sucer des ours, A.FAIT.LA…GUEEERRE…À.UN.PAYS.PAR.ERREUR.

T'as compris comment ça marche ?

Et la réaction ? « Oups… désolé. » Les conséquences ? Aucune ! De la haine à l'autre bout du monde pour toutes les générations à venir…

Et ces centaines, ces milliers d'assassinats de gens qui dérangent, ces révoltés, ces artistes, ces inventeurs, ces contestataires, ces informateurs… Conséquences ? QUE DALLE… fondamentalement que dalle… Tu peux continuer, tue qui tu veux ! C'est toujours des dérangés qu'ont agi pour leur compte, en solo, on les a neutralisés.
Tu vois comment ça marche ?

Et pas plus tard qu'hier, l'autorité scientifique qui guide TOUS LES GOUVERNEMENTS, parce qu'ils y connaissent rien les gouvernements, ils ont besoin des spécialistes… l'autorité scientifique absolue en la matière a publié une étude BIDOOOON ! Qui a entraîné directement… DES… MORTS !
Tu vois comment ça marche ? Et ils reviennent pas dessus. Ils reviennent pas du tout dessus, les enfoirés… jamais… la tête dans le sable, l'autruche la tête dans le cul… La mesure reste en vigueur indéfiniment.

Et ça, c'est aussi grave que si, je sais pas… l'Institut Pasteur créait un virus mortel et le saupoudrait par avion sur toute la population. C'est pareil. Ce sont des trucs de barjo qui devraient faire un court-circuit gigantesque et définitif… Sauf que mystère des mystères, pour qu'y ait un court-circuit, faut deux câbles qui se croisent, et à cette période, Y AVAIT QU'UN CÂBLE ! Y avait qu'une direction… Mais c'était bien subtil : c'est pas que tout le monde était content avec son président… on pouvait le critiquer… mais la critique était pour proposer pire encore : « l'aurait fallu confiner plus tôt », « l'aurait fallu plus de masques », « l'aurait fallu fermer les frontières », « on a très mal géré tout cela… On a été pris au dépourvu, on a été laxiste, il aurait fallu plus de fermeté, plus d'organisation... »

Putain elle voit clair l'opposition, ça fait peur... L'autre câble il faisait pas un court-circuit, il faisait l'amour à l'autre câble, il lui faisait des enfants, des p'tits câbles tout mignons qu'allaient se positionner pour les prochains coups d'pute...

Comment on continue quand la plus grande autorité, quand les plus grands experts, quand la crème de la crème, quand les supposés protecteurs et sauveurs, quand le pouvoir le plus légitime, te mentent ? t'ont menti ? te laissent pourrir sous leurs yeux ? Tu fais quoi, tu te tournes vers qui, tu peux croire qui ? Ton boucher va t'assassiner ? Ton boulanger te pétrir les meules ? Ton facteur emmener ta télé ou encaisser tes chèques ? Le chauffeur de bus te rouler dessus ? Le prêtre le dimanche faire un striptease sur l'estrade et se foutre un godemichet dans le uc ? Ton homéopathe va te prescrire un hamburger de chez McDo ? Ton chien va te mordre ? C'est hallucinant. On est presque mieux en tôle dans ces conditions... au moins c'est clair ! C'est honnête, t'es pas déçu, tu peux bâtir du solide sur des bases claires... Ici, c'est pas le gardien muet qui va te la jouer biaisée, qui va te la jouer mystère en t'ouvrant la porte et les bras... tu deviendrais maboule... Ici, on peut compter sur les gens !

C'est pour ça, je comprends pas comment ils continuaient comme si de rien n'était... Mon boulanger m'a pétri les meules... nan mais il a pas fait exprès, c'était un accident... ça a duré longtemps mais c'est parce qu'en fait, dans sa tête, il était avec sa farine et il travaillait... j'ai pas voulu le déconcentrer... j'ai attendu qu'il se fatigue... mais c'est vrai que quand il m'a agrippée par la peau du slip et emmenée vers le four, là c'est vrai qu'un petit son de surprise a émané malencontreusement de ma bouche menue… il en a pas tenu compte… Par contre, y a un autre patient qu'est arrivé, il nous a dit KESKISPASSE ICI, on a tous les deux dit en cœur : rien ! C'était le boucher, il avait un couteau dans la main…

Nan, c'est fini, le ver est dans le fruit, c'est mardi gras tous les jours, c'est la foire d'empoigne… on est tout seul. Bien sûr, j'oublie pas la présomption d'innocence, mais là c'est plutôt la présomption de ta mère en tongs, c'est la présomption d'accusé, fallait y penser avant, je suis pas mille homards moi… Omar m'a tué… bien sûr…

C'est comme les chiffres de l'Insee… tu peux croire ? tu peux pas croire ? on vote ? référendum ? Voilà, c'est chacun son opinion, bravo pour la confiance…

On s'en fout un peu de ces chiffres, je rappelle, vu que s'y avait autant de morts c'est parce qu'ils ont pas voulu soigner les gens…

Mais même ainsi, elle était si affolante cette « pandémie » ? En admettant qu'ils aient pas été trafiqués, les chiffres, qu'est-ce qu'ils montraient ? Je m'en souviens bien parce que je les ai envoyés à ceux qu'avaient peur autour de moi… Les chiffres, en 2020, montraient une augmentation d'environ 7 % de décès par rapport à l'année d'avant (certains disaient 9 %, mais sur le site de l'Insee, ça disait 7). C'est peut-être chiant 7 %, mais l'écart entre 2014 et 2015, par exemple, a été de 6 %... c'est vraiment proche. Et on a pas fait de caca nerveux en 2015 ! On se souviendra pas de l'année 2015 dans 200 ans tellement c'était grave… On a pas estimé ni un tantinet que ça avait valu le coup de bâillonner tout le monde et d'interdire aux gens de sortir de chez eux… Pas valu le coup de briser les rêves et les projets de vie de millions de personnes… et le 1 % de différence peut largement, mais alors largement, si ce n'est 2 ou 3 %, se mettre sur le compte des morts dus à l'affolement, les blocages, la panique et les mauvaises décisions en tout genre qui s'en sont ensuivis…

Et ça, ce que peut faire la peur, c'est un truc curieux parce que, justement, je me rappelle que dès qu'on a senti que la bête allait arriver chez nous, le premier message qui a circulé, je l'ai reçu de deux personnes différentes se connaissant pas, était cette parabole, cette histoire de la peste et de la peur : un gars sur le bord du chemin demande à la peste : où vas-tu là si prestement, peste ? La peste lui répond qu'elle se rend à Damas pour y prendre mille vies. Au retour, le gars lui dit : finalement t'en as pris 50 000 ? La peste dit : non, juste mille… la peur a pris le reste.

Et moi je trouvais ça un peu idiot, un peu exagéré… que la peur puisse vraiment tuer plein de gens… Deux trois chutes dans les escaliers, j'dis pas, mais des milliers de mort, je voyais pas comment…

C'était moi l'idiot…

2015… Quelqu'un a senti le moindre problème en 2015, la moindre aspérité suspecte ? Non, l'année était aussi douce que le cul d'une nonne… Ça aurait pu être pareil pour 2020, on aurait simplement dit : « c'est une mauvaise année en termes de mortalité… Les chiffres sont pas bien bons… » Et t'aurais continué à caresser le cul de la nonne tranquillement… sauf que t'as senti une grosse aspérité, une grosse bite bien dure, t'as enlevé ta main vite fait, c'est pas ça que tu cherchais… Y avait peut-être un bouton sur son cul, à la nonne, je dis pas, mais la bite, ils te l'ont mis dans le cerveau… Tu sais, c'est le cerveau qui contrôle tout et crée tout… s'il te dit « ta main a touché une bite », ta main a touché une bite et tout ton corps va sauter en l'air devant la surprise, et éventuellement, ça dépend de quel bord t'es, le dégoût. Et tu vas dire aux autres : touche pas ! touche pas ! y a une biiiite ! Et l'image de la bite va circuler de tête en tête, tout le monde va crier au loup.

Si vous aviez senti que dalle en 2015, pourquoi vous faisiez chier en 2020 et les années suivantes ?
On peut pas absolument rien faire lors d'une année à 6 % et se considérer en état de guerre, d'urgence sanitaire dictatoriale quand on est à 7 %... ni même 9 %... surtout que, comme on l'a vu, sans cette panique, on serait probablement même pas monté jusqu'à 7. Ça tient pas debout.

Et puis, y a un petit détail quand même, dans cette histoire, d'une grande importance : les baby-boomers commençaient juste à passer dans la catégorie des plus de 75 ans, en 2020... enfin, 74 peut-être... Faut pas se surprendre trop d'une augmentation du nombre de morts non plus.

Pour palier à ce problème, on peut plutôt parler de taux de mortalité, et en 2021, on pouvait aller voir le tableau sur le site de l'Insee avec les nombres de décès pour 1000 habitants, de 1982 à 2020... Et tout allait de 8,3 à 10,1... C'est ça la seule différence, un mort virgule huit d'écart, par tranche de mille habitants. Un seul mort, plus 80 % du corps de quelqu'un d'autre, qui te fait passer de « j'me la coule douce dans ma chaise longue au soleil » à « je me planque sous mon bureau après moi le déluge ». Et entre 2019 et 2020, la différence était seulement de 0,7. Soixante-dix pour cent d'une personne (la partie que vous voulez). Ouais parce que 2020 c'était même pas la pire année... c'était seulement la troisième, et à égalité avec trois autres. Le 10,1 c'était en 1982 ou 1983, je sais plus... Une année à grosse bite, passée sous silence... comme les années à 9,9 et à 9,8... sauf 2020 qui est une année à 9,8.

Ils auraient pu trafiquer mieux les chiffres quand même pour foutre vraiment la trouille… Enfin, je dis ça, ils avaient quand même réussi à nous la foutre… Mais ils avaient pas mis toutes les chances de leur côté… Ça pourrait presque être un point en leur faveur, ça… à moins qu'ils savaient que ça allait rien changer… ça faisait sûrement longtemps qu'ils avaient vu que c'est pas les chiffres et les détails qui leur mettaient des bâtons dans les roues… ni les photos, ni les signes… non, juste la répétition à la télé et c'est bon.

Hé ! y a eu une baisse des décès de plus de 8 % entre 2003 et 2004… qu'est-ce qu'on en fait de ça ? Y a bite ou pas ? C'est comme une bite à l'envers, non ? On pourrait presque dire que c'est un vagin… Ils en ont parlé à la télé ?

C'est une super bonne nouvelle, sauf si tu vis d'abord 2004 et en remontant le temps t'arrives à 2003… là, non, t'es au cœur du réacteur en feu de Tchernobyl dans ce sens… Imagine ! pire qu'entre 2019 et 2020… !

Hé ! si t'es en 2004 et que tu fais un saut en 1983, y a une augmentation du taux de mortalité de 21 %… On a triple bite, là… triple bite plus un quart de bite… Dieu nous préserve de voyager dans le temps… !

Et non mônsieur, je crois pas que c'est l'affolement et les mesures sévères qui ont permis de limiter la casse… La France a été un des pires en termes de sévérité et un des pires en nombre de soi-disant décès… Tu pouvais comparer la courbe des pays avec confinement, sans confinement, avec masques, sans masques, avec injections, sans injections, et les résultats ne changeaient pas d'un pouce, voire étaient à l'envers…

Mais même si tu sais tout ça, c'est dur de lutter, c'est dur de résister à cette propagande, tu peux vraiment rien faire… Ou alors faut être tous ensemble, et bien sûrs de l'être…

Mais on l'était absolument pas… on était l'inverse d'ensemble, y avait des camps pour tous les sujets, pour chaque mot du dictionnaire y avait des camps qui trouvaient le moyen de se foutre sur la gueule… Tu parles d'une distraction… Tu parles d'un hors-sujet…
    Tiens, je suis sûr que quand j'ai dit « pains au chocolat » y en a qu'ont tiqué… putaiiiin… on dit « chocolatines !! »
    Tu vois comment ça marche bande de baltringues ? Vas-y divise le peuple, dichotome-le, vas-y sépare-le, polarise-le, oppose-le, vas-y fais-le choisir, énerve-le, diffracte-le, éclate-le en toutes les couleurs de l'arc-en-ciel, pures couleurs primaires, me touchez pas, vous allez me tacher, j'me mélange pas, je suis bon, je suis pur, le meilleur, je supporte personne, j'ai raison, je vote à droite, je vote à gauche, je vote en dessous, en dessous de la ceinture… tout le monde seul, pas plus grand qu'un seul, l'oignon fait la farce, la farce de la dinde, fourrée à l'orange, fourrée aux vers de terre, fourrée de métastases, chacun se développant au petit bonheur la chance, au grand malheur la France, l'Europe, le monde, partisans, dissidents, réfractaires, opposants, oreilles bouchées, mains fermées, pas de partage, pas de compagnons, chacun son pain, chacun son blé, pas d'associations, pas de communautés, juste une humanité égrenée, émiettée, effritée, poussière qui part en vrille, qui va finir en eau de boudin, glorifier la déconfiture, la momie se retournant dans sa moisissure, la tombe fermée, son sort scellé…

    J'ai eu le temps d'y penser ici… leur marketing de l'Europe, de la mondialisation, j'ai mordu à l'hameçon, et on peut y voir des avantages à c'te truc, mais je crois qu'on s'est pas rendu compte des désavantages directs et indirects. Pour plein de raisons, la mondialisation a fait qu'on s'en est foutu de nos voisins de plus en plus… elle nous a fait oublier le sens de la communauté et du terroir… Je parle pas de communautés de races ou de religions, mon Dieu non ! je parle de communautés d'humanité, de communautés de localités géographiques… Ceux avec qui tu partages un endroit… que tu vois souvent, avec qui tu peux construire des choses et pour qui tu peux sentir de l'affection. Ceux de qui tu prends soin. Et réciproquement. Loin des yeux loin du cœur. Que ce soit les lois ou les biens (objets, aliments), tout venait de plus loin, te tombait du ciel tu voyais même pas d'où ça venait… T'étais confortable, pas de problème, mais l'affection avait foutu le camp, la tendresse déserté le tableau.

Et s'y avait pas d'affection, il restait quoi ? S'y avait même plus de sentiment de responsabilité ? T'imagines ça dans une famille ? Y a plus de famille… ! T'imagines ça dans une humanité ? Y a plus d'humanité… !

Moi je dis, c'est ça le problème majeur de l'Europisation et de la mondialisation… Les liens sont cassés, tant avec les gens qu'avec la Nature. Qu'importe ce qu'il se passe ici, tout vient d'ailleurs, et moins cher ! Ouais c'est moins cher, les multinationales se font payer l'essence avec tes impôts, du con !

C'est ça qui avait effrité le sens inné et nécessaire de la communauté… le soutien, la solidarité, la force basique inhérente. Et il restait que des chiffres, tout était géré par des chiffres froids… le PIB, les taux d'intérêt, le taux de croissance, la confiance des ménagères de moins de cinquante ans et de plus d'un mètre soixante-deux dans le fait qu'elles pouvaient et avaient envie, et dans quelle mesure, se débarrasser de leur petite boulette d'or et d'argent qu'elles cachaient au creux de leurs nichons, pour se payer un petit appareil technologique fabriqué par un petit enfant sans chaussures à l'autre bout du monde…

C'est ça qui faisait tourner le monde…

La communauté c'est pas le repli sur soi, c'est veiller à ce que le tissage entre les éléments qui font le bonheur de notre espèce soit un tissage de qualité, un bon tricot en bonne santé, de bonnes mailles qui laisseront tomber personne… et le maillage peut s'entrelacer jusqu'à Tombouctou, jusqu'à Pékin, y a pas de problème, on peut vivre tous hyper connectés, mais c'est pas ça la proposition de la mondialisation, c'est pas ça le résultat des courses… De Paris à Moscou, d'Antananarivo à Reykjavik, le tissage, le tissu était aussi fort qu'un vieux parchemin en papyrus vieux de quinze mille ans mon frère… c'était pourri jusqu'à l'os, tu voulais l'utiliser, tu voulais participer, à peine t'avais posé ta plume sur le bidule, les cendres te volaient dans la figure et allaient rejoindre les étoiles mortes avec ses restes de poussières… C'est pas toi et tes voisins qui décidaient, c'était Bruxelles, c'était Pékin, c'était Washington, c'était Dieu sait où, à trois mille kilomètres au-dessus de l'horizon, à l'intérieur d'une lune morte et creuse où s'entassaient des banquiers obèses qui transpiraient en jouant au poker…

C'était ça ce que voulait le gouvernement qui organisait ça, le gouvernement du monde : un ordre mondial, avec de la poussière isolée et bien docile, qu'ils pouvaient modeler comme ils voulaient, qu'ils pouvaient façonner à leur image.

Si tu m'crois pas, t'a'var ta gueule à la récré !!
Si tu m'crois pas, balance tes news à la télé !

Dans toute cette histoire, je jette sûrement pas la pierre sur les journalistes et médecins, qui étaient, c'est sûr et certain, les premières victimes, les premiers frustrés, les premiers prisonniers de cette situation… Pas tous, mais je pense sincèrement que la grande majorité… Même les banquiers, faut pas les voir comme les bourreaux, c'est pas la question… ils sont le symbole de ceux qui manipulent l'argent, et des lois qui favorisent ce même argent… J'parle pas des employés des banques, petits patrons et autres…

Démago ? Ferme ta gueule, t'as vu où je suis ? Démago tes fesses ! Nan, je sais que les gens veulent le bien, je sais qu'ils sont formidables en vrai… ils demandent qu'à aider, qu'à servir, et ils peuvent le faire jusqu'au sacrifice de soi… Moi, y aurait un sacrifice qu'aurait servi à quelque chose, j'y serais allé tout de suite… Tant pis pour mon iMac et mes pains au chocolat.

J'imagine qu'il aurait fallu un leader charismatique, comme on dit chez moi… Moi j'aurais suivi Keny Arkana, ma sœur, la vie de ma mère, les yeux fermés… j'aurais suivi quelqu'un d'humain… même si c'est Éric Cantona qui s'était levé, je l'aurais suivi… Mais putain, côté leader, y avait juste un vide assourdissant… Personne qu'était né pour ça, ma parole…

C'est ça qui a manqué. Et peut-être il y en a eu un… peut-être qu'on l'a tué à sa naissance, zigouillé dans l'œuf. Peut-être que les rôles se sont inversés dans le futur, peut-être que le monde est devenu mauvais et la grande question dans les soirées était : et toi Jacky-Chantal en fait, si t'avais une seule possibilité d'aller dans le passé pour changer quelque chose, tu choisirais quoiii, toiii ? Moiii ? alors moi, j'irais à la naissance d'Éric Cantona, et je lui mettrais une raquette de tennis dans les mains, tu vois, pour pas qu'il devienne célèbre au foot, ouaiiiis… Ouah, Jacky-Chantal, comme c'est bien pensé, ouais je t'admire moi… T'es une mauvaise personne… ouaiiis !

6

New York… ! Thank you… ! Good night !
Vous êtes bien gentils de m'avoir écouté, d'être restés tout ce temps… Merci sœurs carottes et frères poires, merci de m'avoir tenu compagnie… Quel fin auditoire, quelle présence flamboyante… !
Enfin, flamboyante, au début… Il reste plus grand-chose de ce que vous étiez maintenant… vous vous êtes bien flétris depuis tout ce temps que vous êtes avec moi… Il vous a poussé des cheveux gris sur la tête, vous suintez par le bas, c'est deguelasse…

Chères carottes, si longues, si orange, vous ressembliez tant à des doigts… avec juste quelques poils… Si humaines.
Et vous, chères poires, vous étiez si vertes, si dures, vous ressembliez aux gens pendant la quarantaine, si humaines aussi… Merci ! je vous dis merci ! et je vous dis que Si nous, les ombres que nous sommes, Vous avons un peu outragés, Dites-vous pour tout arranger, Que vous venez de faire un somme, Avec des rêves partagés. Ce thème faible

et vain, Ce futile mensonge, Ne contient en somme, Rien de plus qu'un songe. Pardon, ne nous attrapez pas, Nous ferons mieux une autre fois, Aussi vrai que Puck est mon nom. Si nous avons la chance imméritée, Que les serpents nous ménagent, Nous jouerons mieux, je m'y engage… Ou alors Puck aura menti. Bonsoir à tous qui êtes ici, applaudissez, battez des mains. Et Robin vous le rendra demain.

    Adieu carottes, poires, vaches et couvées !
    Coccinelles, cannettes, lait et purées !
    Retournez au bercail
    Merci Keny Arkana
    Merci Éric Cantona
    Continuez vos émois
    Et vos champs de bataille,
    Et si un jour une fillette
    S'appelant Jacky Chan
    Venant du futur,
    Arrive toute pompette
    Pour te mettre une raquette
    Pas loin de ta braguette
    Cher Éric, chérubin,
    Dis-lui : c'est pas bien,
    Et qu'on verra demain,
    Et qu'on verra demain…
    Autour de l'amulette
    Polit mon zoivillon,
    Et au charme champêtre
    Abreuve nos sillons.

    Allez, c'est bon, j'vais m'pieuter !

7

Post Scriptum

Je ne veux pas accentuer les camps, construire des murs qui, plus tard, deviennent infranchissables parce que tout le monde y ajoute sa brique.
Chacun (presque) est intéressé par la vérité et c'est dur d'y voir clair.

On peut se perdre dans mille détails, il y a mille vérités dans 10 mensonges et mille mensonges au milieu de 10 vérités…

Certains ne voient pas bien, d'autres posent des pièges.

Il y a cependant une chose claire pour moi… devant ce qu'il se passe, il n'y a que deux possibilités, et elles font, toutes les deux, froid dans le dos, et amènent la même réponse :
car, soit nous sommes en effet dirigés par des élites qui

ont un plan bien à elles, pas bien joli, et qui sont en train de le mettre magistralement en place...

soit nous sommes gouvernés par des gros débiles mentaux.

Des gros malades mentaux, extrêmement stupides et extrêmement dangereux. Des gens, qui, chez eux, te chaufferaient un plat tout fait sans enlever le plastique, te mettraient 20 litres d'essence dans la cheminée pour démarrer le petit feu du soir, enfermeraient le bébé dans le clapier pour faire la fête avec leurs amis alcooliques... Des gens qui, même pour une maison particulière, représenteraient une sérieuse menace, pour tous ses occupants et pour le quartier entier, et qui se trouvent être à la tête de la plupart des gouvernements et instituts officiels mondiaux. Une grande confrérie de débiles. Qui joue économiquement avec les foules, qui joue militairement avec les foules, qui joue sanitairement avec les foules. Les dégâts, les morts inutiles, et la souffrance présente et future que cela promet sont vertigineux.

Je veux pas tracer une ligne sur le sol, mais soit c'est l'un soit c'est l'autre. Soit ils le font exprès, soit ils le font pas exprès. Je comprends que vous ne vouliez pas du premier... Il reste l'autre alors. Dans les deux cas, je préconise : le réveil. Ouais, je suggère de se réveiller, je suggère de changer quelques petits bidules sur notre soi-disant démocratie — ou notre grande démocratie mondiale, si cela a un sens — et je suggère, à l'instar de l'Islande, de se secouer et de mettre quelques grands banquiers et quelques gens sérieux, comme ça, derrière les barreaux. Ou en tout cas hors service. À la retraite. En hôpital psychiatrique si leur état le requiert.

Ces gens-là, ils ne me représentent pas, ils ne représentent pas une seule personne humaine jamais rencontrée de toute ma vie, ils ne représentent rien d'humain, tel que je le comprends, rien du bon sens le plus évident et le plus nécessaire… et c'est une très mauvaise idée de se cacher derrière les : ils doivent savoir mieux que moi… ce sont des experts… moi je serais incapable de faire ce qu'ils font, faut les laisser faire…

Le mental peut se mentir et se perdre, c'est sa spécialité. Il peut te jouer des tours, il peut se faire avoir, il peut croire qu'il ne vaut rien, il peut croire que c'est trop compliqué pour lui… On te l'a pas dit mais il y a un cœur dans ta poitrine, et lui il est là pour voir clair et pour prendre les bonnes décisions, aussi vite que l'éclair… Ça s'appelle l'intuition, ça s'appelle l'instinct, ça s'appelle des couilles si t'en as, ça s'appelle le feu intérieur, ça s'appelle les tripes que possède chaque cellule de ton corps, ça s'appelle être debout, ça s'appelle marcher droit, les yeux ouverts, ça s'appelle être vivant…

Ça s'appelle aimer, ça s'appelle s'assembler, ça s'appelle s'unir, ça s'appelle rêver ensemble, ça s'appelle donner… Ça s'appelle aimer l'autre plus que ta propre vie.

Ça s'appelle se reconnaître.

Le mental, c'est bien. C'est utile. Mais l'information, à un moment, faut la soumettre au filtre du cœur, voir si elle tient la route, et là, soit le cœur te la renvoie intact avec son feu vert, avec sa bénédiction, soit il te la renvoie déchiquetée, broyée dans sa machine à détecter les coups foireux. C'est ça qui donne l'odeur de poisson. Et c'est ça le signe, pour ton mental…

Si ça sent le poisson, c'est que y a du poisson qui

approche… Faut pas se trouver des excuses, *leur* trouver des excuses, ni même leur laisser le bénéfice du doute. Il convient, je crois, et nous ne méritons pas moins, et rien d'autre ne ferait sens, de vivre au sein d'un pays, au sein d'un gouvernement dont on est fier. Dont on sait qu'il est bon. Dont on approuve, et à défaut, dont on comprend, chaque décision… Sinon, c'est n'importe quoi… Si on commence à accepter n'importe quoi, y a plus de limites, les choses nous échappent des mains, et elles ne nous concernent plus et nous ne pourrons plus jamais les rattraper.

Du même auteur, aux Éditions de l'Iroquois :

- Darwin, la vie n'est pas un accident (et autres subtilités)

www.editions-de-liroquois.fr

Books on Demand
12/14 rond-point des Champs-Élysées
75008 Paris

Impression : BOD, Norderstedt, Allemagne

Dépôt légal : avril 2021